BOOKS

BOOKS

天月無敵 천월무적

천월무적 ⑥

초판 1쇄 인쇄일 2014년 1월 15일
초판 1쇄 발행일 2014년 1월 21일

지은이 ┃ 청울
펴낸이 ┃ 김기선
펴낸곳 ┃ 와이엠북스(YMBOOKS)

출판등록 ┃ 2012년 7월 17일 (제382-2012-000021호)
주소 ┃ 경기도 의정부시 의정부동 490-4 삼승프라자 10층 102호
전화 ┃ 031)873-7768 / **팩스** ┃ 031)873-7764
E-mail ┃ ymbooks@nate.com

ISBN 979-11-5619-044-8 04810
ISBN 978-89-98074-80-7 04810 (SET)

값 8,000원

天外

6

청울 신무협 장편 소설

ORIENTAL FANTASY STORY

천월무적

神敵

YM
BOOKS

목 차

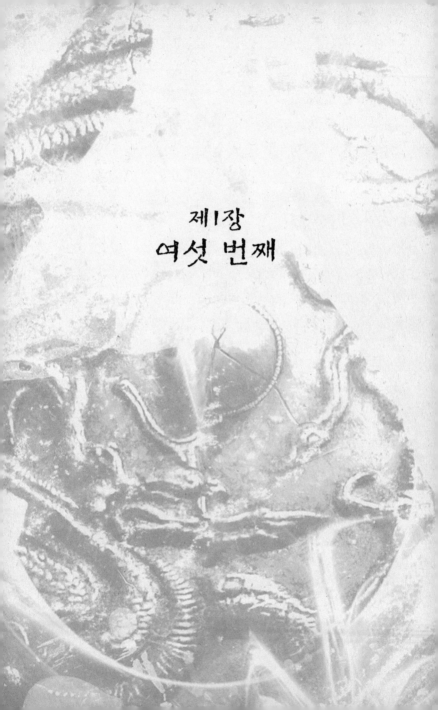

제1장
여섯 번째

"야, 사비! 빨리 안 오고 뭐해?"

진한 핏빛 안개로 뒤덮인 문파에서 또랑또랑 울리던 청명한
목소리.

그저 딱 한 번 들었을 뿐인데, 아직까지도 머릿속에서 또렷
이 울리고 있었다.

"네놈은……."

"이거 참, 신기한 일일세. 사령신문의 장문인이 백우회의 장

로를 무슨 일로 만나지?"

"……."

누더기를 대충 걸친 그 사내는 산발된 머리를 벅벅 긁으며 연신 고개를 갸웃거렸다.

"아무리 생각해도 모르겠네."

"네놈이 알 필요 없는 일이다."

"오랜만에 만나는 사람한테 그리 **빡빡**하게 굴 필요 있어? 그냥 슬쩍 귀띔해 줘. 무공도 다 알려 줘 놓고 이제 와서 내외야?"

그 말에 발끈 기세를 키웠던 종무도가 골목길 끝에서 오가지도 못하고 멀뚱히 서 있는 냉우덕을 보고 재빨리 신형을 날렸다.

만약, 저 사내가 먼저 냉우덕을 데려간다면 백리운과의 관계가 들통 날 것이리라.

꽈악!

냉우덕의 옷깃을 잡은 종무도가 돌연 폴짝 뛰며 반대편 손을 일직선으로 내리그었다. 그 사내도 맞은편에서 똑같이 몸을 날렸기 때문이다.

쉬앙!

그의 손에서 일어난 한 줄기 예리한 기운이 벼락처럼 내리꽂히며 그 사내의 몸을 반으로 갈랐다.

스삿!

반으로 쩌억 벌어지는 사내의 신형이 신기루처럼 흩어졌다.

하지만 종무도는 이미 그럴 걸 예상이라도 한 것처럼 일 장 뒤의 허공에 강력한 장력을 흘려보냈다.

퍼억!

그에 허공에서 두 팔을 교차한 사내가 뒤로 쭉 밀려 나왔다.

"음?"

그 사내는 자신의 팔이 새빨갛게 달아오른 걸 느끼고 고개를 갸웃거렸다.

"내 움직임을 잡아?"

"……."

뒤로 물러선 종무도가 자신의 손에 잡혀 있는 냉우덕을 뒤로 밀쳐내며 조용히 전음을 보냈다.

[어서 우당각으로 가거라. 지금은 그곳이 제일 안전하다.]

그 전음이 끝나기도 전에 냉우덕은 냅다 몸을 날려 부리나케 왔던 길을 되돌아갔다.

그 모습을 보던 사내가 이상하다는 듯 표정을 찌푸렸다.

"저 오만한 장로가 어떻게 사령신문의 장문인 말이라면 껌뻑 죽지?"

"원하면 네놈에게도 보여 주마."

"그새 기고만장해졌어. 겨우 한번 나를 밀어냈다고, 그런 호기를 부리는 거야?"

"방금 전의 일이 운 같다고 생각하나?"

"글쎄, 보다 보면 알겠지. 그런데 지금은 그쪽보다 더 중요한 사람이 있어서 말이야."

고개가 냉우덕이 도망친 방향으로 돌아간 그 사내는 그쪽을 향해 한 발 성큼 내디뎠다.

그런데 그 순간······.

"흡!"

두 눈을 부릅뜬 그 사내가 황급히 뒤로 몸을 물렸다. 그와 동시에 그가 서 있던 자리로 채찍처럼 휘어진 검기 한 가닥이 뚝 떨어져 내렸다.

쾅!

땅바닥과 담장을 가로지르는 기다란 금.

그 금이 시작된 곳에 종무도가 우수에 장검을 들고 서 있었다.

"어딜 가려고?"

"예전에는 자신의 문파 제자 놈들을 다 죽일 때까지 꼼짝도 못하던 놈이 이제는 내 앞을 막네."

"네놈의 목으로 오늘 그 한을 달래고자 한다."

"기고만장하지 마슈. 예전보다 강해지긴 했지만, 겨우 그걸로 나를······. 흡!"

안색이 새파랗게 질린 사내가 용수철처럼 튀어 오르며 상체를 뒤로 확 내뺐다. 그러자 활등처럼 휜 그의 몸을 따라 기다란 호선을 그리는 검광이 일어났다.

쐐애액!

날카로운 칼바람과 더불어 무지개처럼 떠오른 희끗한 빛!

그것은 정확히 사내의 목을 노리고 뚝 떨어지고 있었다.

하지만 어느새 몸을 뒤집은 사내가 그대로 몸을 회전시키며 귀신같이 쏙 빠져나갔고, 애꿎은 허공을 가른 종무도의 검은 땅바닥을 강하게 내리쳤다.

깡!

바닥을 내리친 검끝에서 불꽃이 튀었다.

으득!

손목까지 올라오는 묵직한 충격에 종무도가 살짝 인상을 찌푸렸다. 훌쩍 물러선 사내 또한 표정이 좋지 않았다.

"초식은 분명 사령신문의 것인데, 그 안에 담긴 위력이 전과는 많이 달라졌수."

"네놈들은 여전히 괴물같이 움직이는군."

"다른 사람도 아닌 사령신문의 장문인에게 그런 소리를 들으니 쑥스럽소."

종무도가 검을 바로 잡으며 물었다.

"네놈들의 이름은 비로 끝난다지? 너는 무슨 비냐?"

"오! 그것까지 알아내셨수? 그때 사비에게 당한 뒤로 악을 쓰고 우리를 쫓았나 보오?"

"그래서 네놈의 이름은 무엇이냐고 물었다."

"난 육비요, 육비. 이름이랄 것까지는 없고 그냥 그렇게 불리고 있소이다. 그런데 그건 왜 묻소?"

그것으로 됐다는 듯 종무도가 칼을 쥔 손을 목 끝까지 서서히 들어 올리더니 한 발 내디뎠다. 그러자 그의 몸이 공기 중으로 녹아드는 것처럼 지워지기 시작했다. 사령신문의 은신술인 마환은령술을 펼친 것이다.

하지만 상대 역시 사비를 통해 사령신문의 은신술을 배운 상태였다.

육비는 거북이처럼 목을 내밀며 사위를 쭉 둘러봤다. 그런데 그럴수록 그의 표정이 심상치 않게 변해 갔다.

'음?'

그는 자신도 모르게 침음을 삼켰다. 자신도 분명 펼칠 줄 아는 마환은령술이건만, 어떠한 움직임도 포착할 수 없었다.

'아무것도 느껴지지 않는다!'

눈을 시뻘겋게 뜨고 둘러봐도 종무도의 기척 하나 느껴지지 않았다.

스슥!

그때, 눈앞에서 종무도의 얼굴이 달처럼 떠올랐다. 마환은령술이 주는 일종의 환상이었다.

그런 식으로 상대를 조롱하고 교란시키는 수법.

하지만 그걸 잘 아는 육비는 그에 반응하지 않고 똑같이 공기 중으로 몸을 숨겼다. 종무도처럼 마환은령술을 펼친 것이다.

'보이지 않는다면, 직접 몸으로 쫓아가 주지.'

아무도 보이지 않는 골목길에 세찬 바람 소리만이 나돌았다.

쐐액!

쓰악!

간혹 그 바람 속에서 혀를 내밀 듯 기다란 검이 모습을 드러냈다가 이내 다시 모습을 감췄다.

육비는 검을 들지 않았으니 그것은 종무도의 검이리라.

촤아악!

허공에서 모습을 나타낸 육비가, 핏줄기가 솟아나는 어깨를 움켜쥐고 뒤로 주르륵 밀려났다. 그는 지금 이 상황을 믿을 수 없다는 듯 눈을 휘둥그레 뜨고 있었다.

"어, 어떻게……."

그가 바라보는 지점에서 종무도가 멀쩡한 모습으로 천천히 걸어 나오고 있었다.

"겨우 그 정도인가?"

"그, 그건 마환은령술이 아니다."

"네놈이 펼친 것은 그저 마환은령술을 흉내 낸 것일 뿐, 내가 펼친 게 마환은령술의 진정한 모습이다."

일전에 백리운이 알려준 묵천마교의 무공 중 마환은령술이 속해 있어서 종무도는 제대로 된 마환은령술을 익힐 수 있었다. 하지만 시간이 지나면서 퇴색된 감이 있는 기존의 것을 익힌 육비는 종무도의 은신술을 따라갈 수 없었다.

하지만 이러한 사실을 모르는 육비는 그저 현실을 부정하기에 바빴다.

"우연일 뿐이다, 우연. 사비가 사령신문의 제자들을 학살할 때 네놈은 알아채지도 못했잖아?"

"아직 정신을 못 차렸군."

나직이 읊조린 종무도가 다시 마환은령술을 펼쳐 몸을 감췄다.

스윽.

그저 한 걸음 걸었을 뿐인데 그의 모습이 사라졌다.

하지만 이번에는 육비의 기세도 달라졌다. 더 이상 얕보지 않고 온 힘을 끌어올려 기검을 넓게 퍼뜨렸다.

순식간에 골목길을 가득 채운 기의 거미줄.

가닥가닥 뻗힌 그 기의 감각에 나방처럼 걸린 기척이 있었다.

'거기냐?'

육비가 쭉 뻗은 팔을 타고 강력한 경력이 회오리치듯 뿜어져 나왔다.

쐐애아!

어느새 그 회오리는 한군데로 뭉쳐 거대한 송곳니로 변했다. 백리세가의 무공인 풍아기였다.

퍼엉!

그 풍아기가 갑자기 반으로 갈라지며 묵직한 풍압이 고스란히 허공을 내리눌렀다. 그리고 그 속에 숨어 있던 종무도는 심하진 않지만 온몸을 저미는 통증을 느껴야 했다.

찌릿찌릿!

그 때문에 한순간 흐트러지는 기세를 바로잡지 못해 아주 잠시 마환은령술이 풀리고 말았다. 바로 그 점을 노리고 육비가 풍아기를 날린 것이었다.

파파팟!

쏜살처럼 날아든 육비의 손이 삽시간에 허공을 꿰뚫고 눈앞까지 도달했다.

한가운데 바짝 세워 놓은 수도와 그 수도 주위로 꽃잎처럼 감싸고 있는 여러 개의 장영.

우원보의 무공 중 하나인 일력만화수(一力滿花手)였다.

까앙!

검을 눕혀 막은 종무도의 주위로 수많은 손 그림자가 쩡 울리는 소리와 함께 만개하더니 한 줄기 장력을 쏟아 냈다.

연달아 검을 두들기는 장력이 강력하고 강력했다.

종무도는 검을 댄 팔까지 저려 오는 걸 느꼈지만, 함부로 팔을 뺄 수는 없었다. 만약 그랬다간 일력만화수의 변화가 순식간에 앞 공간을 먹어·치우고 자신까지 덮치리라.

그만큼 육비가 펼치는 일력만화수는 위력적이었다.

까깡!

종무도는 검을 빼는 대신 검을 살짝 눕혀 검의 몸통을 가격하는 장력을 아래로 슬쩍 흘려보냈다.

검신을 타고 미끄러진 장력이 허공에 흩어지자, 육비 또한 자신이 내지른 손이 종무도의 검 위를 미끄러지고 있다는 걸 깨달았다.

"허튼 수!"

손가락을 튕겨 검을 밀쳐 낸 육비가 다시 손을 올리며 일력 만화수를 펼치려 했다. 하지만 그가 검을 밀친 사이, 종무도는 그 틈을 놓치지 않고 뒤로 확 물러섰다. 그리고 다시 마환은령술로 온몸을 숨겼다.

'제길!'

속으로 이를 악문 육비는 빠르게 눈을 좌우로 굴리며 기감을 퍼뜨렸다.

"어디 숨었을까?"

이전처럼 한 번에 잡아내지 못하니, 그 역시 초조해지긴 마찬가지였다.

"우리 장문인, 그동안 실력이 많이 늘었네."

그가 허공으로 팔을 저으며 대기를 두 손으로 느끼기 시작했다. 만약 가까이 다가오려 한다면 필시 대기에 먼저 반응이 올 터.

그는 손가락까지 흔들어 가며 대기를 휘젓기 시작했지만, 막상 손에 닿는 대기는 한없이 잠잠했다.

'어디 있는 것이냐!'

그때였다.

촤악!

내뻗은 팔뚝에서 갑자기 피가 분수처럼 솟아올랐다.

"크흑!"

육비가 팔을 내빼며 뒷걸음질 쳤다. 하지만 여전히 온몸에 닿는 대기는 바람 한 점 불지 않는 것처럼 잔잔했다. 그런데 이 번에는 등에서 사선으로 길게 후끈거리더니 피가 주르륵 흘러 내렸다.

"으악!"

황급히 몸을 튼 육비는 어느새 경악에 물들어 바들바들 떨고 있었다. 아무리 개조된 육체라도 칼에 베인 상처의 고통을 못 느끼지는 않을 터.

'뭐, 뭐지?'

마환은령술로 기척을 감지하지 못했다 하더라도, 검은 몸이 아니니 검의 움직임은 알아채야 했다. 하지만 그 검이 자신의 몸을 두 번이나 베고 지나갔음에도 그 움직임을 알아채지 못했다.

그로서는 지금 종무도가 펼치고 있는 게 묵천마교의 제자들 중에서도 장로들만이 익힐 수 있었던 묵마소악검(默魔消惡劍) 임을 모르고 있었다.

"끄으!"

육비는 팔과 등의 상처가 갑자기 쩌억 벌어지는 걸 느끼고 온몸을 움츠렸다. 그것이 묵마소악검이 남기고 간 현상임을 알리 없는 그는 자신의 긴장한 근육 때문에 상처가 벌어졌다고 생각했다.

"이, 이익!"

이를 악문 그가 재빨리 뒤로 몸을 날려 골목길 한쪽 벽에 등을 기댔다. 계속 벌어지고 있는 등의 상처가 미친 듯이 쓰라렸지만, 그는 등을 내주는 것보다는 이것을 참아 내는 게 낫다고 생각했다.

"못 보던 사이에 정말 많이 달라졌수!"

"…네놈은 그 시절 그대로구나."

허공에서 흘러나오는 목소리.

그러나 그 뚜렷이 들리는 목소리에도 좀처럼 방향을 잡을 수가 없었다.

"이래서 나를 보고도 도망치지 않고 자신 있게 덤빈 거였수?"

"말이 많군."

그 순간, 육비의 코앞에서 달덩이처럼 종무도의 얼굴이 떠오르는 동시에 육비의 오른쪽 어깨에 있는 견정혈로 검이 푹 틀어박혔다.

"크흐……."

얼굴이 새하얗게 질린 육비는 자신의 어깨를 찌른 검을 맨손으로 꽉 잡고선 씩 웃었다.

"잡았다."

눈앞에 마환은령술의 환영이 떠오른 순간부터 육비는 피하지 않고 기다렸다.

"……."

하지만 종무도에게서는 당황한 기색이 보이지 않았다. 오히려 한심하다는 듯 자신의 검을 잡고 있는 육비의 손을 빤히 쳐다봤다.

아니나 다를까?

육비가 돌연 소리를 지르며 종무도의 검에서 손을 뗐다.

"크학!"

핏줄이 바짝 선 얼굴로 자신의 손을 들여다본 육비는 입을 쩍 벌릴 수밖에 없었다. 그저 종무도의 검을 잡았을 뿐인데, 살점이 깊게 파여 쭈욱 벌어지고 있었기 때문이다.

"이, 이런 말도 안 되는 무공이…… 으윽!"

그때, 종무도가 그의 어깨에서 검을 빼내자, 육비는 상반신을 크게 휘청거리며 어깨를 부르르 떨었다.

그에 힘겹게 고개를 든 육비가 천천히 자신의 어깨를 들여다보았다.

살점이 타들어 가는 것처럼 움츠러들며 스스로 상처를 벌리고 있었다. 심지어 쩍 갈라진 피부가 떨어져 덜렁거렸다.

"무, 무슨 짓을 한 것이냐?"

어느새 등과 팔에서 나온 피 때문에 입술까지 새파랗게 질린 육비가 악을 쓰고 외쳤지만, 그의 정면에서 모습을 드러낸 종무도는 대답하지 않고 그를 가만히 내려다보기만 했다.

오히려 목소리가 들려온 곳은 자신의 등 뒤에 있는 담장 위였다.

"묵마소악검을 맨손으로 잡다니… 참으로 어리석군. 그게 어떤 검공인지 확인하지도 않은 채 그런 무식한 수법을 쓰다니. 쯧쯧."

"……!"

눈을 부릅뜬 육비가 고개를 뒤로 젖혔다. 하지만 담장 위에 서 있던 자는 이미 앞으로 몸을 날린 후였다.

턱.

종무도의 앞으로 착지하는 그는 다름 아닌 백리운이었다.

"배, 백리운!"

"호오, 나를 알아보는군. 그런데 난 네놈을 처음 보는데?"

그 말에 종무도가 뒤에서 슬쩍 입을 뻐끔거렸다.

"육비입니다."

흥미롭다는 듯 백리운의 한쪽 눈이 커졌다.

"네놈도 비였군. 지난번에 사비를 놓쳐서 꽤나 안타까웠는데, 이리 직접 나타나 주니 얼마나 고마운지 모르겠군."

"네, 네놈이 어떻게 사, 사령신문의 장문인을 알고 있는 것이냐?"

"나를 앞에 두고 고작 그게 궁금한가?"

육비는 피로 물든 이를 드러내면서 흐흐흐, 웃었다.

"사령신문이 백리세가와 연관 있다는 소문이 나면 백리세가 가 백우회에서 쫓겨나는 것은 당연하고, 전 무림의 추적을 받아 멸문당할 것이다."

"그렇겠지. 그런데 어떻게 소문을 내려고?"

"…뭐, 뭐라고 했지?"

"지금 그 사실을 아는 자는 너와 냉우덕뿐이다. 냉우덕은 이 미 내 발아래 충성을 맹세했고, 네놈은 여기서 살아나갈 가능성 이 없어 보이는데 어찌 소문을 내겠다는 거지?"

"내, 냉우덕이 네놈의 말을 듣는다고?"

그 말이 끝나기 무섭게 골목길 입구에서 냉우덕이 천천히 걸 어오더니, 백리운의 앞에서 정중히 고개를 숙였다. 그러자 가만 히 그 모습을 바라보던 육비는 입이 쩍 벌어졌고, 눈동자까지 미친 듯이 흔들렸다.

"네, 네놈은 우리와 손을 잡지 않았느냐?"

"……"

바득바득 이를 갈며 토해 내는 육비의 말에도 냉우덕은 못 들은 척 조용히 그곳을 지나갔다. 이미 그의 눈에 육비는 거미 줄에 걸린 나비처럼 이들의 손에서 벗어날 수 없을 것 같았기 때문이다.

냉우덕이 지나가고 백리운이 방긋 웃었다.

"봤지? 네놈들이 냉우덕에게 일을 시킬 때마다 냉우덕은 나 에게 올 터. 그럼 나는 네놈들보다 한발 앞서 움직일 수 있다.

안 그런가? 거기다가 벌써부터 이런 귀한 선물까지 가져오니, 그 충성심이 벌써부터 빛을 발하는군."

"이놈이……."

육비가 이를 악물고 노려보자, 백리운의 뒤에서 희끗한 검광이 튀어나와 번개처럼 그의 반대편 어깨에 꽂혔다.

"크악!'

육비의 어깨를 뚫은 종무도의 검이 뒤에 있는 담장에 박히며 웅크려 있던 그의 상체를 일으켜 세웠다.

"어디서 함부로 입을 놀리느냐?'

"크흐! 누가 보면 사령신문의 장문인이 백리운의 부하라도 된 줄 알겠어?'

그 말에 백리운이 고개를 절레절레 흔들었다.

"아직도 상황 파악을 못했군."

"뭣이라? 그런 말도 안 되는……."

육비가 고개를 바짝 쳐들자, 백리운이 피식 웃으며 고개를 틀었다.

"방금 좋은 생각이 떠올랐다."

그리고 백리운은 더 이상 입을 열지 않고 전음으로만 종무도에게 명령을 내렸다.

얼마 후, 다시 육비를 바라본 백리운이 싱긋 웃어 보이고는 뒤로 몇 발 물러났다. 반면, 그대로 서 있던 종무도는 육비의 어깨에 꽂힌 검을 그대로 두고 목을 좌우로 꺾어 대기 시작했다.

그런데 그 괴상한 움직임을 보던 육비가 귀신이라도 본 것처럼 입을 쩍 벌렸다.

"서, 설마……."

역시 그의 예상대로 종무도의 얼굴이 울퉁불퉁 꿀렁이더니 코가 기다랗게 늘어났고, 눈썹과 눈매가 얇게 변하며 점점 육비의 얼굴을 닮아 가고 있었다.

일전에 사비가 제갈세가에서 썼던 사령신문의 역용술이었다. 그리고 그때 그랬던 것처럼 얼굴에 이어 몸까지 뒤죽박죽 섞이기 시작하며 천천히 육비와 모습을 맞춰 갔다.

점차 자신의 모습으로 바뀌어 가는 종무도를 보며 육비가 나직이 실소를 흘렸다.

"흐흐흐, 그 역용술이 언제까지 통할 것 같으냐?"

"흐흐흐, 그 역용술이 언제까지 통할 것 같으냐?"

금세 육비의 얼굴이 된 종무도의 입에서 그의 목소리와 아주 유사한 목소리가 흘러나왔다. 그걸 들은 육비는 표정을 반쯤 일그러뜨리며 입을 꾹 닫았다. 저 정도로 빠르게 목소리를 따라 할 줄은 몰랐기 때문이다.

피식.

비릿한 미소를 지은 백리운이 다가와 칼이 없는 육비의 반대쪽 어깨를 엄지로 꾹 눌렀다. 이미 그 자리는 종무도가 한 차례 검으로 찌르고 난 뒤라 상처가 계속 벌어지고 있는 중이었다.

"끄아아아아아!"

눈을 찔끔 감고 온몸을 꼰 육비의 목소리가 골목길을 가득
채웠다. 그러자 종무도도 똑같이 비명을 질렀다.

"끄아아아아아!"

그런데 그 비명이 방금 전에 내질렀던 육비의 것과 완벽하게
일치했다.

그제야 백리운은 육비의 어깨에서 손을 뗐고, 종무도 역시
반대편 어깨에 박아 놓은 자신의 검을 뺐다.

"이자는 어찌할까요?"

"처리해라."

"두고두고 정보를 캐내는 게 낫지 않겠습니까?"

"그런다고 떠벌릴 놈 같았으면, 내가 진즉에 우당각으로 데
려갔을 것이다."

"알겠습니다."

끄윽, 끄윽, 이상한 신음만 내뱉던 육비가 그 대화를 듣고는
주먹을 꾹 쥐었다. 하지만 그럴 때마다 온몸이 욱신거리는 상처
가 벌어질 뿐이었다.

"크흐!"

힘을 끌어올리다가 더 심하게 벌어진 상처 때문에 그는 균형
을 잃고 털썩 무릎을 꿇고 말았다.

"쯧쯧. 미련한 놈 같으니라고. 가만히 있으면 더 고통스럽진
않았을 텐데."

혀를 차던 백리운이 슬쩍 고개를 끄덕였다. 그 순간, 종무도

가 검을 쥔 손을 번쩍 들어 올렸고, 육비가 고개를 번쩍 치켜들었다.

"백리운!"

그 이름이 나오기 무섭게 종무도의 검이 단두대처럼 떨어져 내렸다.

서걱!

깨끗한 단면을 남기고 떨어진 육비의 머리가 땅바닥을 굴렀고, 머리를 잃은 몸은 옆으로 털썩 쓰러졌다. 하지만 백리운은 그걸 쳐다보지도 않고 딴 곳만 바라보며 입을 열었다.

"나머지는 여기 이 육비와 다를 바가 없으니 충분히 속일 수 있을 터. 일비만 조심하면 될 것이다. 이비는 알아채도 모른 척할 테니."

"예."

"일비는 나와 비슷한 또래의 사내이다. 이비와 사비는 이미 봤을 테고…… 오비는 흑우방에 있다. 육비는 죽었고, 칠비 역시… 죽었다."

"알겠습니다."

"크게 무리할 필요 없다. 그저 저 탑의 지하에서 뭘 하는지만 알아 오면 된다. 수상한 낌새가 있으면 곧바로 나오고. 아무리 묵천마교의 무공을 익혔어도 지금 자네의 상태로는 비가 둘 이상 붙으면 상대하기 힘들 것이다."

"명심하겠습니다."

읍을 해 보인 종무도가 육비가 입고 있던 옷을 벗겨 자신이 입고는 저 멀리 순연의 땅에 솟아 있는 탑을 향해 몸을 날렸다.

제2장
탑의 지하

사사천구의 중심에 있는 순연의 땅에는 온갖 주요 건물들이 모여 있었다. 그리고 그만큼 떠도는 사람도 많았다. 그 주요 건물들을 오가는 사람들과 그곳을 지키는 사람들. 그 어마어마한 인파 속에서 종무도는 마환은령술로 온갖 기척을 죽이고 당당히 그 중심에 솟아 있는 탑으로 향했다.

육비도 간파해 내지 못한 은신술이 마환은령술이다. 그러니 그곳에 있는 자들이 어찌 종무도를 꿰뚫어 볼 수 있겠는가?

그는 탑의 안으로 들어갈 때까지 어떠한 제지도 받지 않았고 어떠한 시선도 받지 않았다.

턱.

아무도 모르게 한 발 내디딘 종무도가 가장 먼저 느낀 것은 차갑고 단단한 철이었다.

바닥이 온통 철로 뒤덮인 것이었다.

턱턱.

가볍게 발을 굴리자, 동굴에라도 들어온 것처럼 사방에서 철 소리가 울렸다. 그런데 그 소리가 들리자마자 저 깊숙한 곳에서 바닥을 울리는 묵직한 소리가 연달아 일었다.

쿵! 쿵! 쿵!

육안으로 구분하기 힘들 만큼 진한 어둠이 그곳을 뒤덮고 있어 무엇이 그 소리를 내는지 알 수 없었다. 그런데 가만히 그 소리를 듣고 있자니, 이상하리만큼 온몸이 짜릿하게 반응하기 시작했다.

그것은 전율이 아니었다.

'으음.'

종무도는 내상이라도 입은 것처럼 안색이 시커멓게 죽어 주변을 두리번거렸다. 비들이 있다는 장소인 지하로 내려가기 위함이었다.

쿵! 쿠웅! 콰앙!

빠른 속도로 그 소리가 가까워지기 시작했고, 그럴수록 철로 된 바닥이 더 심하게 울렸다.

'도대체 저건 무엇이냐?'

종무도는 눈 깜짝할 사이에 엄습해 오는 공포를 느끼고 그 자리에서 훌쩍 몸을 띄웠다. 바로 그 순간, 어둠 속에서 새하얀 손이 튀어나와 그의 어깨를 잡고 어둠 속으로 확 끌어당겼다.

콰콰콰콰쾅!

실을 당긴 연처럼 가볍게 끌려가는 종무도는 자신의 눈앞을 스치고 간 여덟 명의 괴인들을 보았다.

눈에선 살벌한 안광을 뿜고 있고, 몸은 바위처럼 우락부락한 사내들.

어둠 속에 파묻혀 있어 온전한 모습을 볼 순 없었지만, 그저 슬쩍 보인 것만으로도 굉장히 위화감이 드는 이들이었다.

'차갑다?'

이것이 그들을 바라보던 종무도가 어둠 속으로 완전히 끌려가기 전에 마지막으로 한 생각이었다.

"누구냐!"

이윽고 어둠 속으로 완전히 들어온 종무도는 황급히 자신의 어깨를 잡은 손을 쳐 내고는 그 손의 주인을 똑바로 쳐다봤다.

일전에 우당각에서 본 적 있던 이비였다.

그녀는 어이없다는 듯 눈을 동그랗게 뜨고 종무도의 위아래를 훑다가 그의 허리춤에 매어 있는 검을 보고 작게 탄식을 내뱉었다.

"하아! 육비는 죽었나요?"

"어찌 아셨소?"

"우당각에서 사령신문의 장문인이 그 검을 들고 있는 것을 본 적이 있어요."

종무도는 멋쩍은 표정을 지으며 검을 누더기로 덮었다.

"이건, 지하로 들어가면 숨기고 갈 생각이었소."

"그래야죠. 육비는 검을 쓰지 않으니까요. 그리고 그 말투도 고치세요. 목소리는 육비가 맞는데, 말투가 완전히 다르네요."

"그 역시 다른 사람들 앞에선 달라질 것이오."

"그런데 여긴 어쩐 일이죠? 백리 공자가 보낸 건가요?"

종무도가 고개를 끄덕였다.

"그렇소."

"오래 버티진 못할 거예요. 일비의 눈썰미도 만만치 않답니다."

"그저 지하에 뭐가 있는지 둘러보기만 하면 되오."

"별거 없어요."

"그건 제가 정하겠소이다."

그의 딱딱한 태도에 이비가 눈살을 찌푸렸다.

"저에게까지 그리 적대적으로 굴 필요 없어요."

"조심해서 나쁠 것이 있겠소?"

"장문인이 여기서 믿어야 할 사람은 오직 저뿐이에요. 계속 그런 식으로 군다면, 저는 장문인을 지하로 안내할 수 없어요.

그랬다간 들통 나는 것은 당연한 일이니."

종무도가 잠시 뜸을 들이다가 말했다.

"알겠소."

"좋아요. 그럼 제가 안내하죠. 이리로 오세요."

만족스러운 표정으로 고개를 끄덕인 이비는 새카만 공간에서 앞으로 나아가기 시작했다.

앞으로 쭉 뻗은 통로인 듯, 이비를 따라 한참을 나아가도 지하는 나오지 않았다.

얼마쯤 지났을까?

묵묵히 이비를 뒤따르던 종무도가 슬쩍 입을 열었다.

"아까 그놈들은 누구였소? 이 탑으로 들어오자마자 그냥 달려들던데……."

"천무팔인이에요. 그들은 우리와 같은 존재죠. 다만, 스스로 생각할 수 있는 이지가 없어서 이곳으로 들어온 침입자가 있으면 무조건 달려들어요."

"그렇소?"

"운이 좋아 그들을 피해 이층으로 올라간다고 하더라도, 곧바로 눈치채고 이층까지 따라와요."

그 말에 종무도의 안색이 변했다.

"그럼 이곳도 안전하지만은 않은 것 같소이다."

"여기는 안전해요. 이상하게 이곳으로 들어오면 반응하지 않더라고요. 아예 여기에 이런 곳이 있다는 것도 인식하지 못하는 것 같아요. 심지어 회주도 이 탑에 지하가 있는지 모르는 것 같더라고요."

"그럼 이곳은 누가 만든 것이오?"

"저도 모르죠. 하지만 우리 비는 이곳에서 만들어졌다는 것쯤은 알아요."

"그게 무슨 소리요?"

그 말에 이비가 걸음을 멈추고 조심스럽게 발을 내뻗었다.

"조심히 따라오세요. 저 밑에 가면 알려 드릴 테니."

그녀는 빙판길을 걷는 것처럼 아래로 휘어진 지면을 따라 한 발씩 천천히 내디뎠다.

그녀를 따라 지하로 내려온 종무도가 가장 처음 본 것은 사방이 막혀 있는 커다란 동굴이었다. 하지만 벽이 저 멀리 보일 정도로 원체 커서 전혀 답답하다는 느낌은 없었다.

"음?"

동굴 벽을 따라 횃불이 쭉 놓여 있었고, 동굴의 중심에는 큰 핏빛 연못이 있었다. 하지만 그리 깊진 않은 듯 그곳에 몸을 담그고 있는 한 사내의 얼굴이 바깥으로 나와 있었다.

눈을 감고 꿈쩍도 하지 않는 그를 바라보는 종무도의 눈빛이 심상치 않았다.

"사비!"

어찌 저 얼굴을 잊을까?

종무도는 울컥 솟아오르는 살기를 감추지 못하고 고스란히 내뿜었다. 그러자 이비가 손을 저어 허공에 흩날리는 살기를 전부 걷어 냈다.

"흥분하지 마세요. 사비를 보고 참을 수 없다면, 그냥 물러서는 게 좋을 것 같네요."

"……."

그 말에 잠시 입을 다문 종무도가 볼살을 부르르 떨면서까지 살기를 억눌렀다. 그제야 이비가 표정을 풀고 말을 이어 나갔다.

"사비는 제갈세가에서 돌아온 뒤로 지금까지 의식을 차리지 못하고 있어요."

"제갈세가에서 말이오?"

그 말에 이비가 갑자기 검지를 세우더니 반대쪽 손등을 쓱 그었다. 그러자 얇고 기다란 혈선이 그녀의 검지를 따라 생기며 피가 주르륵 흘러내렸다.

"뭐 하는 것이오?"

"잘 보세요."

그녀는 그 피로 뒤덮인 자신의 손등을 핏빛 연못 안에 슬쩍 담갔다. 그러자 놀랍게도 손등을 가로지르는 상처가 빠르게 치유되어 가는 게 아닌가?

직접 보고도 믿을 수 없는 듯 종무도의 눈동자가 극심하게 흔들렸다.

"어찌 이런 일이?"

"신기하죠? 이 탑에는 이런 것들이 많이 있답니다."

"이 탑 아래 이런 연못이 존재한다는 사실이 알려지기라도 하면, 사사천구는 이 탑으로 들어오기 위해서 미쳐 날뛰겠소이다."

"그렇겠죠. 하지만 이 연못의 존재는 회주도 모르고 있답니다. 그리고 우리 비들은 여기 이 연못에서 만들어졌다고 해도 과언이 아니죠."

종무도가 눈동자가 확장된 채 고개를 갸웃거렸다.

"이 연못에서 만들어졌다니?"

"이 연못의 대표적인 효능은 치유가 맞아요. 하지만 그게 끝이 아니에요. 이 연못에 몸을 담그고 있으면, 살이 가죽처럼 질겨지고 근육이 쇠처럼 단단해져 가죠. 그래서 우리들이 이런 괴물 같은 신체 능력을 갖고, 사령신문의 무공을 똑같이 익혀도 남들보다 훨씬 뛰어난 위력을 선보인 것이죠."

"그럼 담 소저는 어찌 된 일이오? 회주는 이 연못이 있다는 것도 모른다면서, 어떻게 담가은 소저를 당신들 비 같은 몸으로 바꾼단 말이오."

"저도 몰라요. 확실한 건, 이 연못을 사용하지 않아서 담가은 소저의 뇌에 이상이 생겼다는 것은 확실해요. 또 모르죠. 이 탑 위에는 이 연못보다 더한 게 있을지도……."

그 말을 듣던 종무도가 핏빛 연못에 몸을 담그고 있는 사비를 위아래로 훑어봤다. 비록 그 연못의 색이 붉긴 했으나, 연못이 투명하여 무리 없이 사비의 몸을 볼 수 있었다.

짐승이 할퀸 것처럼 온몸에 거친 상처가 나 있었다.

어느 부분은 살점이 파이고, 또 어느 부분은 칼로 베인 것처럼 쩍 갈라져 손상된 장기까지 훤히 보였다. 그나마 내장은 거의 다 아문 듯 제 모습이 갖춰졌고, 덜렁거리는 살점도 반 이상은 붙어 있었다.

'얼마나 큰 상처를 입었기에……'

사비는 제갈세가에서 돌아온 이후 쭉 저 상태라고 했다. 즉, 이 신기한 효능을 가진 연못이 지난 며칠 동안이나 치료하지 못했다는 것은 사비의 상처가 상상도 할 수 없을 만큼 지독하다는 뜻이었다.

'태제께서 저리 만든 건가? 제갈세가에서 사비를 만났다고 했는데……'

아무리 봐도 백리운밖에 없다고 생각했다. 이비 역시 그와 같은 생각을 했는지 이내 그것을 입 밖으로 내뱉었다.

"아무래도 백리 공자님께서 이리 만드신 듯해요."

"소저도 그리 생각하오?"

"그래요. 다른 비들은 모르겠지만, 일전에 흑성단에게서 저를 구해 줄 때 펼친 무위를 봤어요. 그분이라면 충분히 이런 일을 벌일 수 있죠."

"나 역시 그리 생각하오. 그래서 지금 기회가 있을 때, 사비의 목을 쳐야 한다고 생각하오. 사비가 깨어나기라도 한다면 다른 비들이 태제께서 힘을 숨기고 있다는 사실을 알게 될 터. 지금 사비의 목을 베어야 하오."

"그럼 일비가 바로 의심할 거예요."

그 말에 손을 들어 올린 종무도가 멈칫했다.

"그럼 이대로 놔두자는 얘기요?"

"아직은 시간이 있어요. 여기서 원하는 걸 얻은 뒤에 사비를 처리해도 늦지 않아요."

"그런 위험을 감수할 수 없소."

종무도가 손을 뻗으려는 순간, 이비가 그의 앞으로 끼어들어 막았다.

"위험성을 따지자면, 사비를 죽이는 게 더 위험해요."

"……"

그녀의 말이 틀린 것도 아니기에 종무도는 잠시 머뭇거렸다.

바로 그때였다.

"무슨 일이지?"

등 뒤에서 불현듯 낯선 목소리가 들려왔다. 그에 종무도는 다시금 멈칫거렸다. 그 목소리의 주인이 다가오는 것조차 느끼지 못했기 때문이다.

"사비가 깨어나기라도 한 건가?"

이어지는 그 말에 종무도가 돌아보니, 하얀 옷을 차려입은 젊은 미남자가 무표정으로 서 있었다. 해서 종무도는 육비가 처음 자신에게 웃었던 것처럼 방긋 미소 지으며 입을 헤 벌렸다.

"아직도 정신이 없어."

"그래?"

그 사내가 별다른 의심 없이 지나치려다가 다시 종무도를 보며 물었다.

"너는 어떻게 됐지?"

"뭐가?"

"냉우덕을 만나고 온다면서?"

"아, 그거. 자리에 없길래 그냥 왔어."

"차기 경합 때문인가?"

"그렇겠지, 뭐."

그 사내, 일비의 눈빛이 불길처럼 타올랐다.

"이제 시작이다. 지금부터 단 하나라도 실수하는 날엔 모든 것이 무너지고, 우리도 더 이상 백우회에 남아 있을 수 없다."

일비에게서 싸늘한 기운이 뿜어져 나와 동굴을 가득 채웠다. 그래서 종무도와 이비는 일순간 입을 닫고 서로 눈치만 봤다.

만약 그때 누군가 들어오지 않았다면 침 넘어가는 소리까지 들렸으리라.

"여기 다 모여 있네?"

일비의 뒤에서 민머리의 사내가 고개를 좌우로 돌리며 터벅터벅 걸어왔다.

"뭐 하고 있어? 사비가 깨어나기라도 했어?"

"아니, 아직."

"그런데 왜 여기 모여 있어?"

"차기 회주 경합이 시작됐다."

그 민머리의 사내, 삼비가 고개를 설렁설렁 끄덕였다.

"어쩐지 오는 길에 시끄럽다 했어."

"어디 갔다 왔는데?"

"고웅천 좀 만나고 왔지. 아, 그 영감 눈 뒤집어지더라고. 탑에만 올라가게 해 주면, 뭐든지 할 태세야. 탑에 올라가면 지가 어떻게 될지도 모르는 일인데."

그 말에 일비의 시선이 그에게 향했다.

"고웅천이 노리는 건 뭐지?"

"백우회의 시초가 남겼다는 힘이래. 달이라나 뭐라나."

"달? 무슨 소리를 하는 거지?"

"나도 모르지. 탑에 올라가 보면 알지 않을까?"

일비의 얼굴이 차갑게 굳어졌다.

"회주를 죽여야지 탑에 오를 수 있다. 그러려면 차기 경합을 핑계로 백우회의 모든 시선을 다른 곳으로 돌려야 한다. 그래야지 혼자 있는 회주를 죽일 수 있다."

그 말을 들은 종무도가 하마터면 헛바람을 내뱉을 뻔했다.

'백우회의 회주를 죽여? 생각보다 큰일을 벌이는군.'

하지만 이미 그 사실을 알고 있던 삼비는 덤덤하게 입을 열

뿐이었다.

"그 늙은이 주변에 항상 백우십성단이 붙어 있잖아."

"그 정도는 감당해야지."

"그놈들 때문에 진짜 죽을 뻔했던 걸 벌써 잊은 건 아니지?"

"그때보다 우리는 강해졌다. 그때는 뭣도 모르고 우리가 가진 신체 능력으로만 싸웠지만, 이제는 백아사천의 무공과 사령신문의 무공, 그리고 잡다한 무공들까지 두루 섭렵하지 않았나?"

"그래도 백우십성단은 백우십성단이다. 그놈들과 싸우다가 누가 알아채고 끼어들기라도 한다면……."

"그래서 사사천구 곳곳에 우리 사람을 만들어 놨잖아. 그 사람들로 혼란을 야기해 놓으면 사사천구의 무인들은 백우십성단에 신경을 쓸 틈도 없을 거다."

삼비가 고개를 좌우로 꺾으며 씩 웃었다.

"이거, 막상 일을 진행하려니 몸이 미친 듯이 흥분되는군."

"복수는 늘 흥분되는 법이지."

일비는 건조한 목소리로 말을 이었다.

"이제 움직일 때가 되었다. 삼비 너는 지금껏 해 왔던 것처럼 남쪽 땅을 맡고, 육비 너는 북쪽 땅을 맡는다. 그리고 이비 너는……."

"동쪽 땅을 맡을게."

그 말에 일비의 메마른 눈초리가 짐승의 것처럼 사납게 번들거렸다.

"이번에도 허튼짓을 했다가는 삼비를 보내지 않고 내가 직접 잡으러 갈 것이다."

"잊었어? 여기에 내 발로 왔다고! 그리고 나도 회주에게 죽을 뻔했어. 허튼짓을 해도 이번 일엔 빠지지 않아."

"마지막으로 믿어 보지. 마지막으로 말이야."

일비는 그 메마른 목소리를 내며 동굴 안쪽으로 걸음을 옮겼다. 그러다가 핏빛 연못 옆에서 문득 발에 치이는 한 구의 시신과 살아 숨 쉬는 한 사람을 보고 인상을 찌푸렸다.

"이건 언제까지 방치할 거지?"

그 말에 종무도의 고개가 그곳으로 향했고, 그 순간, 그의 눈동자가 크게 흔들렸다.

'저, 저자는······.'

그 두 구의 시신 중 하나가 종무도의 눈에도 익숙한 백리극의 모습을 하고 있었다. 아니, 분명히 백리극이 맞았다.

"이비, 여기에 이렇게 시신을 놔둔다고 해서 다시 살아나지 않는다. 이제는 보내 주어라."

"···제 마음대로 할 거예요."

"백리극의 빈자리가 크다. 어서 백리극의 시신을 태우고, 새로운 칠비를 맞이해라."

그 말에 발끈한 듯 이비가 턱을 파르르 떨었다.

"어차피 칠비의 자리는 새롭게 추가된 것이 아니었나요? 백리 공자가 죽었으면, 칠비의 자리도 없어지는 게 옳다고 봐요."

묵묵히 듣던 일비가 '백리 공자'라는 말에 휙 몸을 틀어 나란히 누워 있는 두 사람 중 멀쩡히 숨을 쉬고 있는 다른 사람의 어깨를 잡은 후 핏빛 연못 앞으로 질질 끌고 왔다. 그러자 이비가 훌쩍 몸을 날려 그의 앞을 가로막았다.

"지금 뭐 하는 거예요?"

"너의 반대로 다음 칠비가 될 자가 지금까지 이리 누워만 있다. 아무런 의식도 없이 칠비가 됨을 기다리며 말이다."

"누가 칠비가 될 사람이라는 거예요? 칠비는 백리 공자라고요!"

순간, 일비의 얼굴이 야차처럼 일그러졌다.

"백리 공자가 아니라 칠비라고 똑바로 부르란 말이다!"

얼굴에 힘줄이 떠오를 만큼 크게 소리친 일비의 목소리가 동굴 안을 쩌렁쩌렁 울렸다. 하지만 그를 마주하고 있는 이비는 꿈쩍도 하지 않았다.

"어서 그 사람을 놓으세요. 저랑 약속했잖아요. 탑에 오르기 전까지 기다려 준다고……."

"저 탑에 올라 백리극을 되살리려는 네년의 속셈을 모를 것 같나? 저 탑은 백우회의 모든 것이 잠들어 있는 곳이지, 네년의 허무맹랑한 소원을 들어주는 곳이 아니다."

"그건 모르잖아요. 우리 같은 괴물들을 만들어 내는 방법도 있는데, 사람을 살리는 방법이라고 없겠어요? 봐요! 여기 연못을 봐요. 세상 어디에 이런 연못이 있어요? 어쩌면 이 연못처럼 신통한 게 저 탑에 있을지도 몰라요. 세상에는 없어도 저 탑에 는 있을지도 모른다고요."

눈시울이 붉어진 이비를 본 일비의 눈동자가 흔들렸다.

툭.

일비는 사내를 땅바닥에 내려놓고 휙 몸을 틀었다.

"맡은 일을 제대로 끝내지 않으면, 네년은 탑에 오르지 못할 것이다."

그는 그 말만 남기고 동굴 안쪽으로 사라졌다. 그리고 그 자 리에 남은 삼비는 어쩔 수 없다는 듯 고개를 절레절레 흔들었 다.

"작작 좀 해라. 칠비는 이미 죽었어. 그리고 이 연못도 상처나 치료하지, 죽은 사람은 되살릴 수는 없어. 게다가 탑에 별게 다 있다지만, 그런 건 없어."

"그건 모르잖아! 저 탑에 회주를 죽일 만큼 대단한 게 잠들어 있어서 일비도 저 탑에 오르려는 거잖아."

"그래, 그런데 그중에 죽은 사람을 되살리는 건 없다고!"

"……"

이비가 그 말을 들은 체도 안 하고 핏빛 연못 옆에 널브러진 사내를 질질 끌어다가 차갑게 식어 있는 백리극의 시신 옆에 두 었다.

"에휴. 네 마음대로 해라. 난 일비가 시킨 일이나 하러 가련다. 너도 거기에만 있지 말고 어서 가서 동쪽 땅이나 휘저어 놔. 안 그랬다간 일비가 저 탑에 안 데려갈지도 모른다."

"……."

삼비는 일비의 반대쪽으로 걸어 나갔고, 이비는 한참 동안 홀쩍이다가 뒤늦게 일어섰다. 그러고는 종무도와 말없이 눈빛을 교환하며 삼비가 나갔던 곳으로 똑같이 걸음을 움직였다.

탑 밖으로 나온 이비와 종무도는 서로 동쪽 땅으로 들어갈 때까지 한 마디도 하지 않았다. 그러다가 동쪽 땅에서도 백리세가가 어렴풋이 보일 때가 되어서야 종무도가 먼저 입을 뗐다.

"나에게 북쪽 땅을 맡으라고 했는데, 그게 정확히 무슨 일을 하라는 것이오?"

"그동안 각 비들이 맡아온 구역이 있어요. 그중에서 육비는 사사천구의 북쪽 땅을 맡았고, 동쪽 땅은 본래 사비가 맡았죠."

"맡아서 무슨 일을 한단 말이오?"

"혼란을 야기하는 거죠."

"백우회의 회주를 죽이기 위해 시선을 다른 곳으로 돌리게 말이오?"

그 말에 이비가 잠시 주춤거리다가 답했다.

"맞아요. 백우십성단만으로도 성가신데, 그 이상을 상대할 수는 없죠."

"당당하게도 말하는구려. 그럼 혼란을 야기하기 위해 해야 할 일이 무엇이오?"

"그동안 우리 측에서 꾸준히 사람을 포섭해 왔어요. 우리가 회주를 죽이고 백우회를 갖게 되면, 그 사람들에게 한 가지 약속을 했죠. 그들이 원하는 걸 주겠다고."

"사람의 욕망을 자극한 제의라……."

"그들이 원하는 걸 주는 거죠. 그럼 그들은 자신의 욕망을 채우기 위해 무엇이든지 한답니다."

"그럼 그들에게 사사천구를 흔들어 놓으라고 하는 건가?"

이비가 한 차례 고개를 까닥였다.

"어지럽히는 거죠. 사사천구의 대표가 내리는 명령을 무시하고 자신들이 속한 땅 안에서 혼란을 일으키는 거죠."

"그럼 사사천구의 대표들이 가만히 있을까?"

"평소라면 가만히 안 있겠죠. 하지만 차기 경합이 시작된 지금이라면 가만히 있을 수밖에 없죠. 어쩌면 신경 쓰지 않을지도 몰라요. 그들의 눈엔 오직 차기 회주만이 보일 뿐이니……."

"그렇겠군."

"그리고 생각보다 많은 사람들이 우리 측과 손을 잡고 있어요."

그 말에 얼굴이 흠칫 굳은 종무도가 재빨리 되물었다

"그중에 백리세가의 사람도 있나?"

"아니요. 유일하게 백아사천에 속한 문파들은 우리 측의 손을 뿌리쳤어요. 그들은 그들만의 자존심이 있기 때문이죠."

"한광후는 그 자존심을 오만함이라 부르던데."

"그 둘은 한 끗 차이니까요."

동쪽 땅에 있는 건물들의 지붕을 밟으며 나아가는 그 두 신형이 문득 지붕 아래서 바쁘게 움직이는 사람들을 느끼고 고개를 숙였다.

"차기 경합이 시작됐군."

"그러게요."

그 둘의 눈엔 전쟁이라도 난 것처럼 동쪽 땅을 가로지르는 수많은 사람들이 들어왔다.

＊　＊　＊

백리운은 우당각 중심에 솟아 있는 의자에 차분히 앉은 채로 턱을 괴고 있었다. 그러다가 육비의 모습을 하고 있는 종무도와 이비가 눈앞으로 떨어지는 걸 보고 고개를 바로 세웠다.

"살아 돌아온 걸 보니, 일비의 눈을 잘 속였나 보군."

그 말에 종무도가 가볍게 읍을 해 보였다.

"의심조차 하지 않았습니다."

"호오, 그런가? 그럼 이제 일비와 부딪쳐도 해볼 만하겠군."

종무도가 어두운 안색으로 고개를 저었다.

"일비의 눈을 속이는 것만 가능하고 그 이상은 불가능인 것 같습니다."

"일비의 무위가 내 예상을 뛰어넘는군."

하지만 백리운은 그 말을 하면서도 무척이나 덤덤해 보였다. 그래서 종무도도 가볍게 미소를 지어 보이며 자신이 탑의 지하에서 봤던 것과 이곳으로 오면서 나누었던 이비와의 얘기를 모조리 내뱉었다. 그러자 자연스럽게 백리운의 고개가 종무도의 옆에 멀뚱히 서 있는 이비에게로 향했다.

"혼란을 일으켜라?"

"예. 일비가 내린 명령이에요."

"차기 경합이 시작됐다고 일비도 움직이려는 건가? 하긴, 그들에게도 지금이 적기일 테지."

"조심해야 해요. 백리 공자께서 생각하는 것보다 꽤 많은 사람이 우리와 결탁하고 있어요."

그 말에 백리운이 삐딱하게 고개를 꺾으며 말했다.

"물론 그놈들과 결탁하고 있는 놈들을 알고 있겠지?"

"제가 아는 구역은 북쪽 땅과 동쪽 땅뿐이에요."

"동쪽 땅에도 그들과 결탁한 사람이 있단 건가?"

이비가 고개를 저었다.

"아니요. 동쪽 땅은 사비가 의식을 잃은 후로 지금까지 쭉 제 담당이었어요. 물론 아무와도 결탁하지 않았답니다. 그래서 모용세가가 우리와의 약속을 어기고 공자님의 혐의를 취소했을 때도 일비가 모용세가를 가만히 놔둔 거예요. 다 제 소관 안에 있다고 알기 때문이죠."

하지만 그 말에도 백리운은 이비를 바라보는 삐딱한 시선을
풀지 않았다.

"왜 그렇게까지 하는 거지?"

"전에 말했잖아요. 저는 백리극 공자님이 지키려고 했던 소
가주를 위해 이러는 거라고요."

백리운은 그 말을 듣고도 곰곰이 입을 다물고 그녀를 바라보
았다. 그러다가 한참 뒤에 서서히 입을 열었다.

"네가 우당각에 처음 왔을 때, 나에게 할 부탁이 있다고 했지.
그것 때문인가?"

"……."

이비는 말없이 고개를 끄덕였다.

"무슨 부탁을 하려는 거지?"

"저를 탑에 데려가 주세요."

"뭐라고?"

전혀 예상하지 못한 부탁이었다.

"저를 탑에 데려가 달라고 했어요."

"뭐 하려고?"

이비는 잠시 머뭇거리다가 이내 다시 입을 열었다. 어차피
종무도가 탑의 지하에서 모든 이야기를 들었기 때문이다.

"어쩌면 그 안에 죽은 사람도 살릴 수 있는 것이 있을까 해서
요."

"백리극을 살리려는 건가?"

"네⋯⋯."

"하지만 저 탑에 뭐가 있을 줄 알고?"

"저 탑에는 우리를 만드는 방법 같은 세상의 상식을 무시하는 것들이 있죠. 그래서 일비가 저 탑에 오르려는 것이고, 그래서 고웅천이 우리와 손을 잡는 거지요."

그 말에 백리운이 흥미롭다는 듯 한쪽 눈썹을 쭉 올렸다.

"고웅천이 비와 손을 잡았다?"

"백아사천에서는 최초로 있는 일이죠."

"그럼 반대로 너희들은 고웅천에게 뭘 해주기로 했는데?"

"그 역시 탑에 데려가 달라고 했어요. 저 탑에 백우회의 시초가 만든 힘이 잠들어 있다고 하더군요."

"백우회의 시초가 만든 힘이라고? 고웅천은 그걸 원하는 건가?"

"예. 그 힘이라는 게 무엇인지 잘 모르겠지만, 고웅천은 그 힘을 원한다고 하더군요."

백리운은 미간을 모으며 혼자 읊조렸다.

"백우회의 시초가 만든 힘이라⋯⋯."

"달의 힘이라고만 들었어요."

그 순간, 백리운의 안색이 처음으로 굳어졌다.

"뭐라고 했지? 달의 힘이라 그랬나?"

"예. 분명히 달의 힘이라고만 했어요. 그 이상은 삼비도 모르는 듯해요."

백리운의 동공이 쭉 확대됐다.

'설마, 천월을 말하는 건가?'

달의 힘이라는 걸 듣는 순간, 천월이 떠올랐다. 그리고 천월이 심장처럼 뛰며 찌르르 몸속을 휘몰아쳤다. 천월 역시 그 말에 반응하고 있는 것이었다.

'우원보는 묵천마교의 세 계파가 세운 문파도 아닌데, 고웅천이 어찌 알고 있는 것이지?'

그 생각을 읽기라도 한 것일까? 이비가 혼잣말 비슷하게 슬쩍 말을 흘렸다.

"아마 고웅천은 저 탑에 무엇이 있는지 알고 있을 거예요."

"왜지?"

"그야 우원보가 저 탑을 세웠으니까요."

이건 백리운이 모르는 사실이었다.

"우원보가 세웠다고?"

"맞아요. 남쪽 땅에 탑이 많은 이유도 여기에 있죠. 저 탑과 똑같은 탑을 만들기 위해 여러 번 시도한 흔적이에요. 그러다 저 탑의 축소판으로 여겨지는 신공탑까지 만들어 냈죠."

"신공탑이 그런 용도였나?"

"저도 최근에야 알았어요."

"그런데 왜 오르지 않았지?"

"말 그대로 탑의 지형만 따라 했으니까요. 그 탑을 지키는 천무팔인이나 혈독은……."

"그들로서도 뚫지 못한 거군."

이비가 고개를 끄덕였다.

"탑을 만든 것은 우원보지만, 그 안의 다른 것들은 우원보의 것이 아닌가 봐요."

"그렇군."

백리운이 잠시 눈을 감고 생각을 정리하기 시작했다.

'일이 꽤 복잡해지는군.'

사사천구의 싸움판에 비들이 끼어든다. 그럼 자신이 야기하려던 혼란보다 더 큰 혼란이 올 수 있었다.

'어쩌면 나조차 통제할 수 없을 혼란일지…….'

하지만 서로 목적은 달라도 원하는 것은 똑같았다.

혼란.

그래야 비들이 원하는 것과 자신이 원하는 것을 얻을 수 있다.

'하지만 저들이 원하는 대로 혼란이 일어나면 저들에게 더 유리할 테지.'

이왕 혼란을 일으킨다면 조금이라도 자신에게 유리해야 한다.

"이비, 북쪽 땅에서 비와 결탁한 인물들의 이름을 종무도에게 넘겨라."

"제 부탁을 들어주는 것으로 알고 그리할게요."

"……."

백리운이 말없이 고개를 끄덕이자, 이비와 종무도는 종이와 붓이 있는 곳으로 걸어 들어갔다. 그리고 그들이 눈앞에서 사라지기 무섭게 누군가 우당각의 문을 벌컥 열어젖히고 들어왔다.

백리세가의 총관, 백리공이었다.

본래 그는 이리 함부로 들어오는 자가 아니다. 그가 이런 식으로 문지기인 곽가량을 무시하고 들어왔다는 것은 필시 중요한 일이 벌어졌다는 것일 터.

백리운은 뒤늦게 들어오는 곽가량을 향해 손짓을 해 보이며 백리공을 향해 입을 열었다.

"무슨 일이지?"

곽가량이 다시 밖으로 나가고, 백리공은 숨을 헐떡인 채로 다가와 말하기 시작했다.

"장로원에서 급히 서찰이 날아왔습니다. 차기 경합에 변경 사항이 생겼다면서……."

"무슨 변경 사항?"

"그, 그게……."

백리공이 머뭇거렸다.

"뜸 들이지 말고 말해라."

"장로원에서 경합을 벌이지 않겠다고 했습니다."

"그런가?"

의외로 백리운의 태도가 담담하자, 백리공이 더 당황했다.

"소가주, 경합을 벌이지 않는다는 것은……."

"경합을 벌이지 않는 것이 아니라, 기존에 했던 경합의 과정을 겪지 않는 것이다."

"그 무엇이 다른 겁니까?"

백리운이 씩 웃었다.

"다르지."

"……"

백리운이 자리에서 일어나며 말했다.

"이제 우리도 슬슬 움직일 때가 된 것 같군."

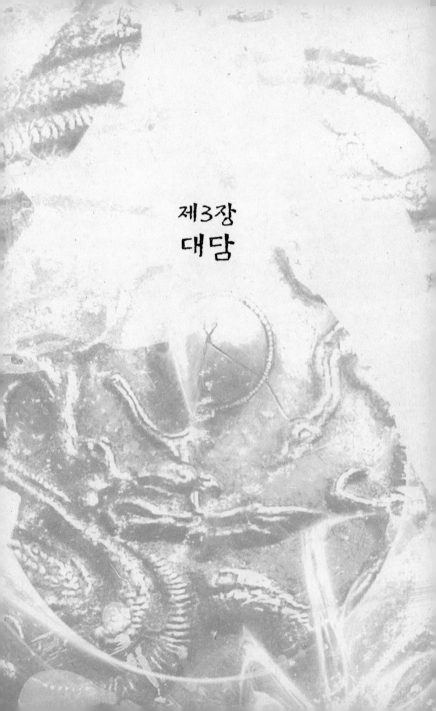

제3장
대담

백리세가의 대연무장으로 들어선 백리운은 예전보다 더 치열해진 훈련을 보고 흡족한 미소를 지었다. 그러고는 입구에 있는 담장에 기대 그 훈련을 빤히 바라봤다.

묵야귀포를 둘러서 그런 것일까?

지금 대연무장에서 서로를 죽일 듯이 공격을 퍼붓는 자들 중 백리운을 의식하는 사람은 없었다.

그러한 점이 백리운의 미소를 더욱 진하게 만들었다.

그래서 그는 훈련이 끝날 때까지 내색하지 않고 그곳에서 기다렸다.

"끝났나?"

뒤늦게 담장에서 등을 뗀 백리운이 대연무장 한가운데로 다가가며 말하자, 뒤늦게 그곳에 있던 자들이 백리운을 향해 고개를 돌렸다.

"헉, 허억. 소, 소가주님."

"오, 오셨습니까? 허억."

그중에서도 백리세가의 젊은 무인들은 진이 다 빠진 듯 제대로 서 있기도 힘들어 보였다. 그래서 백리운은 자꾸 흔들거리는 그들을 보고도 못 본 척 다른 말을 내뱉었다.

"일전에 말했지. 정식 창단 일까지 남아 있을 사람만 있으라고. 그 뒤로는 나가고 싶어도 나갈 수 없다."

"……."

갑자기 장내에 말소리가 사라지며 거친 숨소리만 나돌았다.

"물론, 지금 같은 시기에 정식 창단을 축하할 연회를 열 생각도 없다. 하지만 그 창단식에는 오직 피만이 있을 것이다."

"그게 무슨 소리입니까?"

누군가 입을 떼자 백리운은 그를 바라보며 한 글자씩 똑바로 말했다.

"바로 내일 새벽, 북쪽 땅을 친다. 그게 곧 불어닥칠 전쟁의 시작이다."

"……!"

다 쓰러져 가던 젊은 무인들이 하나같이 눈을 부릅뜨고 멍하니 백리운만 쳐다봤다.

"이 전쟁은 시작되면 중간에 멈출 수 없다. 그래서 지금 이 자리에서 마지막으로 말하는 거다. 더 이상 이곳에 남아 있기 싫으면 떠나라. 어떠한 보복도 없고, 어떠한 후속 조치도 없다."

"……."

"이곳에 남아 있다면, 당분간 볼 것은 피밖에 없다. 그러니 이곳에 남아 있기를 원하는 사람만 남아라."

그때, 젊은 무인들 사이에서 백리연이 번쩍 손을 들며 소리쳤다.

"소가주! 그럼 그 전쟁이 시작되면, 우리가 죽을 수도 있단 뜻입니까?"

"그럴 테지."

"그렇게 해서 우리가 얻는 것이 뭡니까?"

"과거에 그 위대했던 영광을 다시 얻을 수 있겠지."

"하지만 반대로 우리가 질 수도 있는 것 아닌가요?"

백리운은 한 치의 망설임도 없이 대답했다.

"글쎄, 너희들이 다 죽었으면 죽었지 지진 않을 것 같군."

그 말에 어이가 없었는지 백리연이 잠시 벙 쪄 있다가 말했다.

"우리가 죽고 나면 모든 게 무슨 소용입니까?"

"그래서 떠날 사람은 떠나라고 미리 고지해 두는 것이다."

"내일까지 말입니까?"

"그래, 내일까지 말이다."

백리운은 다들 안색이 어두워진 걸 느끼며 피식 웃었다.

"내일 새벽 이 자리에 있는 사람은 나와 함께 가는 것이고, 이 자리에 없는 사람은 이곳에 남는 것이다."

"……."

그는 그 말만 남기고는 침묵 속에 빠진 젊은 무인들을 두고 대연무장을 빠져나갔다.

백리운이 뚜벅뚜벅 걸어 사대요단의 집거지 중심에 솟아 있는 청색 전각 안으로 들어섰다. 그러자 그 안에서 일전에 백리운이 남기고 간 새로운 진형들을 보고 있던 백리자청이 묘한 표정으로 일어났다. 가까이 다가오는 백리운의 표정에서 평소와는 다른 비장함을 느꼈기 때문이다.

그에 백리자청은 직감적으로 알아챘다. 때가 왔음을 말이다.

"차기 경합 때문에 온 건가? 내가 듣기로는 경합이 무산될 거라고 들었네만."

"맞습니다."

"경합이 무산되면, 남은 건 전쟁이겠군."

백리운이 지그시 웃었다.

"역시, 상황을 보는 눈이 있으십니다."

"껄껄. 이 나이 먹고 남는 건 눈치뿐일세."

"그럼, 앞으로 사대요단을 움직여야 할 것도 알고 계시겠군요."

"그래서 오늘 하루 아무 훈련도 안 시키고 휴식 시간을 주었지."

"다행이군요. 바로 내일 움직여야 하는데, 잘됐습니다."

백리자청이 살짝 놀란 듯 눈을 크게 떴다.

"바로 내일 말인가?"

"오늘 경합이 무산됐다는 소식이 퍼지면 다들 며칠간은 안도할 것입니다. 그러니 그 틈을 파고들어 바로 들어가는 것이지요."

"그래도 너무 이르지 않나?"

"우리가 먼저 움직이지 않으면 다른 쪽에서 먼저 움직입니다. 그렇게 되면 이 전쟁은 다른 사람이 이끌게 되지요."

"다른 쪽이라면, 백아사천의 다른 가문 말인가?"

백리운이 고개를 저었다.

"백아사천의 문파들 말고도 더 있습니다."

"더 있다니, 그게 무슨 소린가?"

"어쩌면 회주도 백우십성단을 이끌고 이 전쟁에 끼어들지도 모릅니다."

"회주가 무슨 일로 끼어든단 말인가?"

"기억나십니까? 일전에 회주가 우당각에 방문했던 거."

"기억하지."

"그때 알았습니다. 회주는 그 자리에서 내려올 생각이 없습니다."

백리자청의 눈동자가 크게 흔들렸다.

"회주는 이미 노쇠했네. 그리고 또 백우회의 규율이 있지 않은가? 한 사람이 오십 년 이상 통치할 수 없네. 그래서 장로원에서 차기 경합을 시작하려는 게 아닌가?"

"하지만 회주는 그 이상을 통치할 생각입니다. 그리고 회주의 방식이 성공한다면, 지금까지 이끌었던 것 이상으로 그 자리에 앉아 있을 겁니다."

"허, 이것 참……."

길게 한숨을 내뱉는 백리자청을 보며 백리운이 조심스럽게 말했다.

"제가 회주를 쳐 낼 생각입니다."

"자칫하면 하극상으로 몰릴 수 있네."

"이전처럼 불필요한 경합을 벌이는 게 아닐 뿐, 이미 차기 회주 경합은 시작됐습니다. 회주를 몰아내고 그 자리에 앉으면 모든 논란은 종식될 것입니다. 그것이 백우회의 불문율이니까요."

백리자청이 수긍하는 듯 조용히 읊조렸다.

"강자가 모든 것을 가진다."

"그런 셈이지요."

"그럼, 사대요단을 내일 당장 어디에 쓰려는가?"

"내일 아침 해가 뜨는 대로 북쪽 땅을 칠 생각입니다."

백리자청이 잠시 멈칫했다.

"위험한 생각일세. 직접적으로 부딪친다면, 아무리 기습이라도 우리가 입는 피해도 클 걸세."

"걱정하지 않으셔도 됩니다. 제가 직접 백랑사단을 이끌고 새벽에 북쪽 땅을 습격할 생각입니다. 그래서 아침에 사대요단이 들어올 때면, 생각만큼 큰 피해는 입지 않을 겁니다."

"소가주 말대로 북쪽 땅의 문파들을 그런 식으로 밀었다고 치세. 그럼, 최후로 남는 현월교는 어찌할 생각인가? 북쪽 땅 전부를 휘어잡아도 현월교를 누르지 못한다면 그건 말짱 꽝인 일일세."

백리운은 잠시 뜸을 들였다. 머릿속으로 잠시 비교해 본 것이다. 사대요단과 백랑사단이 함께 현월교를 친다면 어떤 일이 벌어질지……

'필패.'

현월교는 일반 문파와는 다르다. 무림의 최정상을 달리고, 또 그만큼 자존심이 세다. 억지로 누르려 했다가는 자멸을 목적으로 끝까지 덤벼들 것이다. 왜냐하면 그들의 땅에선 형제들과 수없이 싸우면서 강자만이 살아남는 것이 규칙이기 때문이다.

'현월교도 묵천마교의 것이다. 그렇다고 내가 묵천마교의 전

인이라는 걸 다른 사람이 봐서는 안 되겠지.'

백리운은 잠시 뜸을 들이다가 입을 열었다.

"현월교에는 저 혼자 들어갑니다."

"음? 지금 무슨 소리를 하는 겐가? 현월교는 철하부나 남궁세가 같은 문파와는 차원이 다른 곳일세."

"걱정 마십시오. 반항이 격렬해져도 손속에 사정을 두겠습니다. 어차피 다 제가 거둘 자들 아니겠습니까?"

너무도 덤덤하게 그 말을 내뱉는 백리운의 표정을 보고 백리자청은 어이가 없다는 듯 입을 쩍 벌렸다.

"지금 현월교를 걱정하는 게 아니라, 자네를 걱정하는 걸세. 도대체 무슨 생각으로 현월교에 혼자 쳐들어간다는 건가?"

"그들과는 풀어야 할 개인적인 일이 있습니다."

"무슨 개인적인 일 말인가? 혹시 일전에 나시우가 찾아와서 선전포고를 한 것 때문인가?"

"아닙니다. 조금 더 근원적인 일입니다."

"도대체 무슨 소리를 하는 겐가?"

백리운이 덤덤히 웃어 보였다.

"현월교는 제가 다루어야 할 문파입니다. 그러니 너무 걱정 마시지요."

"지금 자네의 위치는 동쪽 땅의 대표라네. 자네 말만 믿고 자네를 혼자 현월교로 보낼 수는 없다는 말일세. 이 세상 누가 백아사천의 한 문파를 개인이 상대할 수 있단 말인가?"

"저는 현월교를 상대하는 것이 아닙니다. 본래 제 것이었던 것을 다시 거둬들이는 것이지요."

그 말을 들은 백리자청이 심각하게 표정을 굳혔다.

"그게 무슨 소린가? 정확한 이유도 모른 채 자네를 보낼 수는 없네."

"죄송하지만, 결정은 제가 하는 겁니다."

그 말에 백리자청이 돌연 기세를 키웠다.

"가문을 위해서라도 내가 자네를 막을 걸세. 언젠가 그 대가를 치르더라도 지금은 자네를 막을 걸세."

그 말이 장난이 아닌 듯 백리운은 온몸을 내리누르는 어마어마한 압력을 느끼고 있었다.

무공을 익히지 않았다면 그 자리에 엎드려 고개조차 들지 못했을 것이리라.

하지만 백리운은 덤덤히 서서 표정 하나 변하지 않고 백리자청을 빤히 바라봤다.

"대백, 이미 결정을 내렸습니다."

"……!"

자신은 기운을 발산하느라 입도 떼지 못하건만, 백리운은 너무나도 편안하게 말을 내뱉고 있었다.

'팔 성의 기운을 내뿜었건만, 꿈쩍도 안 한단 말인가?'

어느 정도 예상은 했으나, 이 정도일 줄은 몰랐다. 최소한 발은 묶을 줄 알았건만, 자신의 기운쯤은 전혀 개의치 않다는 듯이 백리운은 멀쩡한 표정으로 서 있었다.

"일은 이미 시작됐습니다. 내일 아침까지 사대요단을 준비시켜 주십시오."

백리운이 몸을 틀려고 하자, 백리자청이 황급히 숨겨 두었던 나머지 힘까지 끌어올려 발산시켰다.

그러자 순식간에 방 안의 벽에 금이 쩌어억 가기 시작하면서, 그 벽이 터질 것처럼 바깥쪽으로 볼록 구부러졌다. 하지만 이번에도 백리운은 조금의 흐트러짐도 보이지 않았다.

터벅.

오히려 다시 백리자청을 향해 몸을 틀며 한 걸음 내디뎠다.

이미 모든 기운을 끌어올리고 있는 백리자청은 자신마저 그 압력 속에 갇혀 있어 입을 열지 못했지만, 백리운은 자유로이 입을 열었다.

"죄송합니다, 대백."

슬쩍 고개를 숙인 백리운이 손을 들어 올렸다. 그러자 그 순간, 그의 손끝에서 맹렬히 회전하는 초승달 모양의 강기가 일어나더니 백리자청의 전신을 뒤덮었다. 하지만 그의 몸속으로 들어가지는 않았고, 그대로 투과되어 그의 뒤에 있는 벽에 박혔다.

쩌엉!

그 벽에 초승달 모양의 홈집이 한 번에 파이더니, 금이 쩌어억 가기 시작했다.

콰콰콰콰콰쾅!

그 금을 따라 순식간에 벽이 터져 나갔고, 뻥 뚫린 공간이 눈앞에 나타났다. 그리고 그 환한 허공에 가루처럼 부서진 돌 부스러기가 안개처럼 퍼졌다.

그리 갈가리 찢기면서도 천월의 기운을 해소하지 못한 것이다.

그래서 그 돌 부스러기는 한동안 허공에서 태풍을 만난 것처럼 끊임없이 회전하다가 한참이 지나서야 땅으로 떨어져 내렸다.

"……."

휘둥그레 눈을 뜬 백리자청은 그 자리에 우뚝 서서 아무런 행동도, 아무런 말도 하지 못하고 밖으로 떠나가는 백리운의 뒷모습만 멍하니 바라봤다.

"대, 대백!"

벽이 터져 나간 걸 보고 달려온 백리세가의 어른들이 안으로 들이닥쳐도 백리자청은 한동안 입을 꾹 다물고 서 있었다.

"대백, 괜찮으십니까?"

그때 백리혼이 가까이 다가와 묻자, 그제야 백리자청의 눈동자가 움직였다.

"혼아, 네 말이 맞는 것 같구나."

"무슨 말 말입니까?"

"소가주의 무공 말이다."

백리혼이 허탈해하면서도 진한 미소를 그렸다.

"직접 보신 겁니까?"

백리자청이 넋 나간 표정으로 고개를 끄덕였다.

"내일 아침에 사대요단을 출격시켜야 한다. 준비시켜 놓아라."

"그리 갑작스럽게 말입니까?"

"소가주의 명이다."

"알겠습니다."

백리혼은 읍을 해 보이고선 밖으로 나갔다.

*　　*　　*

해가 지고 밤이 시작되어도 세상은 여전히 시끄러웠다. 갑작스럽게 날아든 장로원의 서찰 때문이다.

그 서찰에는 경합은 시작되, 그동안의 과정과는 다를 것이라고 적혀 있었다.

그 뜬금없는 소리에 다들 밤늦은 시간까지 잠을 못 이루고 있었다.

그것은 대해문의 장문인인 담우록과 그의 아우이자, 서쪽 땅의 대표인 담무백도 마찬가지였다.

그 둘은 거대한 전각 안에서 달랑 황촉 하나만 켜 두고 서로 마주 보고 앉아 있었다.

"형님이 보기엔 장로원이 무슨 꿍꿍이를 품고 있다고 생각하십니까?"

"글쎄다. 장로원이 독자적으로 무슨 일을 벌이기엔 힘이 없지. 누가 뒤에서 봐준다면 모를까."

그 말에 담무백의 눈빛이 흔들렸다.

"비들이 관여했다고 보십니까?"

"그놈들이 아니라면 누가 장로원을 도와주겠나?"

"아버님이 그놈들을 죽였을 때, 더 이상 안 볼 줄 알았습니다."

"나도 전혀 예상하지 못했다. 아버님과 백우십성단에 당하고도 다시 살아오다니."

"괴물은 괴물이지요."

그 말을 내뱉은 담무백이 아차 싶다는 듯이 얼굴을 붉히며 황급히 말을 이었다.

"그런 뜻으로 말한 게 아니라……."

"아니다. 그놈들은 괴물이 맞다. 그리고 그놈들과 같은 방식으로 바뀐 내 딸 역시 괴물의 범주에 속하겠지. 그렇지 않았다면 나 역시 가은이를 그리 숨겨 두지 않았을 것이다."

그에 담무백이 뭐라 입을 열려던 차였다.

"자신의 딸을 괴물이라 말하다니, 가은이가 들으면 섭섭하겠군."

그 대청 안에서 웬 낯선 목소리가 울리는 것이 아닌가? 그런데 그 목소리를 들은 담무백이 자리에서 벌떡 일어섰다.

"백리운?"

"한 번 만났을 뿐인데, 내 목소리까지 기억하고 있는 건가?"

"네놈이 여기는 웬일이냐?"

"웬일은……."

그 순간, 담우록이 앉아 있는 의자 뒤에서 백리운의 얼굴이 떠올랐다.

"네놈과 할 얘기가 있어서 왔지."

"……."

담우록은 자신의 머리 위에서 그 목소리가 들리자 한 차례 몸을 움찔 떨었다. 하지만 그의 맞은편에 서 있는 담무백은 사납게 굳은 눈초리로 어둠 속에 달처럼 떠 있는 백리운의 얼굴을 똑바로 노려봤다.

"여기가 어디라고 함부로 드나드는 것이냐?"

"지난번에도 왔던 곳. 처음이 힘들지, 두 번째도 어려울까?"

그 말에 담무백이 슬쩍 기운을 흘려 주변을 싹 휩쓸었다. 하지만 백리운 이외에 잡히는 기척은 없었다.

"혼자 온 건가?"

"지금 부하들이 좀 바빠서 말이야. 걱정 마. 지난번에도 혼자 왔지만 잘 돌아갔으니 말이야."

"그때는 내가 없었다만, 지금은 내가 있지. 이번에는 쉽게 돌아갈 수 있을 거라 생각하지 마라!"

하지만 백리운은 그 말을 듣고도 씩 웃었다.

"정말 괜찮겠어? 내가 돌아가지 않으면 가은이는 죽을 텐데."

"네놈이 죽었다는 사실이 백리세가에 도착하기 전에 내가 먼저 가서 가은이를 빼 올 것이다."

"가능할 것 같진 않다. 반대로 내가 도망만 쳐도 너보다 더 빨리 그곳에 도착할 텐데. 그럼, 가은이가 무사할까?"

담무백이 눈썹을 꿈틀거렸다.

"그것이 정녕 백리세가의 소가주가 할 소리냐?"

"겨우 이거 가지고 화를 내는 건가? 이보다 더 한 소리도 했고, 이보다 더 한 짓도 했다."

그 말에 담무백의 눈에서 짙은 살기가 뿜어져 나왔다.

"이놈······."

그때, 침음을 삼킨 담우록이 말없이 자리에서 일어나 바깥쪽으로 향했다. 저벅저벅 울리는 그의 발소리가 대청 안을 울리다가 문 앞에서 끊겼다.

"무백아, 저쪽이 그럴 마음이 있었다면 이리 찾아오지도 않았을 게다. 그러니 원하는 게 있으면 내주고 잘 타일러서 보내라. 높은 자리에 앉으려면 가끔은 죽을 만큼 싫은 것이라도 해야 하는 법이니라."

그 말을 들은 백리운이 씩 웃었다.

"그래도 형님은 대해문의 장문인이라고 뭘 아는군."

으득!

담무백은 담우록이 나갈 때까지 이를 갈며 기다리고 있다가, 그가 나가자마자 입을 열었다.

"무슨 얘기를 하러 온 것이냐?"

"한 가지 제안을 하려고."

백리운은 그 말을 듣고 담무백의 몸에서 뿜어지던 살기가 금방 가라앉는 걸 느꼈다.

'그래도 서쪽 땅의 대표라 이건가? 함부로 감정에 휘둘릴 사람이 아니군.'

백리운은 묘한 미소를 지으며 말을 이었다.

"내일 북쪽 땅을 칠 생각인데, 그동안 서쪽 땅에서는 남쪽 땅에 쳐들어갔으면 하는군."

담무백의 눈이 급격히 작아졌다.

"무슨 일을 벌이려는 것이냐?"

"말했잖아. 북쪽 땅에 쳐들어갈 거라고. 그동안 서쪽 땅에서 우원보를 견제하는 의미에서 남쪽 땅에 쳐들어가 줬으면 한다."

"내가 그런 얼토당토않은 제안을 받아들일 것 같은가?"

"그리 이상한 제안은 아닐 텐데."

"어차피 곧 경합이 시작되면……."

"경합은 시작되지 않는다."

그 말에 담무백이 길게 한숨을 내쉬었다.

"네놈이었군. 뒤에서 장로원을 조종하는 놈이."

"아니, 다른 놈이 하던 걸 내가 빼앗은 것일 뿐이다."

"다른 놈?"

백리운이 피식 웃었다.

"담가은의 몸을 알면서 끝까지 모른 척할 셈인가?"

그 말에 움찔 눈동자가 흔들린 담무백은 이내 천천히 말을 내뱉었다.

"네놈도 알고 있었나? 그놈들의 존재를?"

"아주 잘 알고 있지."

"설마, 그놈들과 손을 잡은 것은 아니겠지?"

백리운이 고개를 저었다.

"나는 잡지 않았다."

"나는? 그럼, 백아사천 중에서 누가 잡았단 말인가?"

"내가 괜히 남쪽 땅을 치라고 했을 것 같나?"

담무백의 눈동자가 미세하게 흔들렸다.

"우원보가……."

"그래. 우원보의 보주인 고웅천이 그놈들과 손을 잡았다."

"잠깐, 그런데도 너는 북쪽 땅을 치겠다는 건가? 북쪽 땅도 그놈들과 손을 잡은 건가?"

"그건 아니고, 내가 북쪽 땅과 개인적으로 해결해야 할 일이 있어서."

담무백이 어이없다는 듯 털털 웃으며 자리에 털썩 앉았다.

"그러니까 네가 개인적인 용무를 보는 동안, 나는 남쪽 땅이나 쳐라?"

"서로 맡은 구역을 처리하고, 우리 둘이서 담판을 짓지. 의도야 어찌 됐든 상당히 깔끔한 제안이라고 생각하는데."

그의 말이 옳았다. 본래 사사천구의 경합이 시작되면 네 군데 모두 서로가 서로를 견제하기 바빠서 서로가 서로를 배신하는 지저분한 상황이 자주 일어나곤 한다. 그리고 그 지저분한 상황에서 수많은 이들이 죽곤 한다.

하지만 이 사실을 잘 알고 있음에도 담무백은 무심한 눈빛으로 백리운을 바라봤다.

"만약 네놈이 나시우와 손을 잡고 나를 함정에 빠뜨리려는 속셈이라면?"

"나는 몇 시진 후에 곧바로 북쪽 땅으로 들어갈 것이다. 그럼 내가 속이는 게 아니라는 것쯤은 알게 되겠지."

"차라리 비어 있는 동쪽 땅을 치는 게 더 쉬울 것 같은데?"

그 말에 백리운이 피식 웃었다.

"그럼 남쪽 땅에서 가만히 있을까?"

"간단하네. 남쪽 땅과 합심해서 동쪽 땅부터 털면 되는 거지. 거기다가 네놈이 알아서 북쪽 땅에 큰 타격을 줄 테니, 북쪽 땅도 실질적으로는 차기 경합에서 탈락하게 되는 것이나 마찬가지겠지. 그럼 우리와 남쪽 땅만이 남겠군. 나는 그 역시 나쁘다고 보진 않는데."

"그것도 그렇군."

백리운이 의외로 쉽게 받아들이자 담무백은 오히려 이상하다는 눈길로 그를 쳐다봤다.

"그냥 인정하는 건가?"

"그럴 리가? 나는 대해문이 절대로 남쪽 땅을 가만두지 않을 거라는 걸 잘 알고 있지."

"왜 그리 생각하지? 지금 내가 한 말을 듣고도……."

그때, 백리운이 입을 열어 그의 말허리를 싹둑 끊었다.

"남쪽 땅이 비들과 손을 잡았잖아."

"그건 괘씸한 일이긴 하지. 하지만 그보다 중요한 것은 차기 회주 자리이다."

"회주도 그리 생각할까?"

담무백의 눈썹이 파르르 떨렸다.

"무슨 소리지?"

"회주가 남쪽 땅이 비와 손을 잡았다는 걸 알게 되면, 자신의 문파인 대해문을 움직이려 하겠지. 백우십성단은 어디까지나 비들을 상대하기 위해 보존해야 할 전력이니까."

"……."

"그리고 회주가 담가은에게 한 짓이 소문이라도 난다면, 서쪽 땅의 무인들이 과연 가만있을까? 상당수가 떠나갈 것이고, 사사천구의 다른 세 문파가 힘을 합치는 계기가 될지도 모르는데."

"……"

담무백이 깊은 침음을 삼키며 아무 말도 하지 못하자 백리운의 미소는 더욱 진해져만 갔다.

"대해문도 흔들리겠지. 다른 사람도 아니고 장문인인 아버지가 자신의 딸이 괴물로 변하는 걸 방조했잖아. 그래도 엄연히 백도의 사람인데, 이런 짓을 간과할 사람이 몇이나 있을까?"

"하지만 남쪽 땅을 치는 것은 그만큼 큰 위험을 감수하는 것이다."

"회주가 벌인 일이 세상에 나도는 것은 그보다 더 큰 위험이지."

이번에도 담무백이 입을 꾹 닫자, 백리운은 덤덤한 목소리로 말을 이었다.

"그리 나쁜 조건은 아닐 것 같은데, 그냥 받아들이지? 어차피 차기 정식으로 경합이 벌어진다고 해도 그 이상의 피해는 입지 않나? 백아사천의 네 문파가 서로의 뒤를 노리면 더 지저분해지고, 더 많은 피를 볼 터. 이건 오히려 깔끔한 제안 같은데."

"그 제안이 문제가 아니라, 그 제안을 두고 뒤에서 벌일 일이 문제라는 것이다."

백리운이 피식 웃었다.

"걱정 마라. 새벽에 바로 북쪽 땅을 칠 테니. 너희는 그다음에 움직여도 된다."

"동쪽 땅에서 확실히 북쪽 땅을 치는 걸 보고 나서 움직이도록 하지. 그 전에는 먼저 움직일 생각 없다."

"마음대로."

백리운이 어깨를 으쓱거리며 뒤로 내빼려 하자, 담무백이 자리에서 벌떡 일어섰다.

"현월교는 쉽지 않을 거다. 특히, 나시우는 자신의 사형과 사제들을 죽이고 직접 그 자리에 올랐다. 그런 놈에게 나설란을 잡고 있다는 협박 따위는 먹히지 않을 것이다."

"알고 있다."

"도대체 무슨 자신감으로 북쪽 땅을 친다는 건지 모르겠군. 내가 보기엔 현월교 하나만 움직여도 동쪽 땅은 와르르 무너질 것 같은데. 아무리 생각해도 단순 기습으로 무너뜨리기에는 현월교와 백리세가의 차이가 너무 크다."

"그런가?"

백리운이 대수롭지 않게 대꾸하자 담무백이 뺨을 씰룩거렸다.

"지켜보겠다. 네놈이 어떻게 북쪽 땅을 무너뜨리는지……."

"어차피 서쪽 땅에서는 크게 손해 보는 일도 아니지."

"그건 모르지. 동쪽 땅이 며칠 버티지도 못하고 무너지면 괜히 우리만 북쪽 땅의 견제를 받게 될 텐데."

그 말에도 백리운은 실실 웃으며 돌아섰다.

"그럼 다음에 볼 땐, 이리 웃으면서 만나지 말지."

"그러지."

백리운이 어둠 속으로 사라지고 완전히 모습을 감추자 기다렸다는 듯이 담우록이 안으로 들어왔다. 그는 담무백의 맞은편에 있는 의자에 앉으며 주변을 둘러봤다.

　"백리운은 갔나?"

　"예. 저희보고 남쪽 땅을 치라는군요. 동쪽 땅에선 북쪽 땅을 칠 테니."

　크게 놀란 듯 담우록의 눈썹이 들썩였다.

　"백리운은 경합을 벌일 생각이 없나 보군."

　"어차피 잘된 일 아닙니까? 지지부진하게 경합을 벌이는 것보다, 이리 깔끔하게 끝을 내는 것도 나아 보입니다."

　담우록의 눈빛이 무겁게 가라앉았다.

　"내가 만났던 백리운은 쉽게 움직일 놈이 아니다. 그놈이 어떤 식으로든 북쪽 땅을 치기로 했다면, 그건 북쪽 땅을 이길 확실한 비책이 있기 때문이다. 생각해 봐라. 일전에 이곳 서쪽 땅에 왔을 때도 나와 대면하면서 나의 시선을 돌리더니, 뒤로는 가은이를 찾지 않았나?"

　"그때는 제가 이 자리에 없지 않았습니까?"

　"그렇지. 하지만 네가 동쪽 땅에 갔을 때도 결국엔 가은이를 데려오지 못했지."

　"……"

　담무백이 아무 말도 못하고 있자, 담우록이 침중한 목소리로 말을 이어 나갔다.

"전쟁이 일어나면 어느 누구도 이 판을 통제하지 못한다. 그곳에서 힘을 발휘할 수 있는 것은 오직 승리자뿐. 내 생각에는 그 제안을 받아들여도 될 것 같구나."

담무백이 고개를 끄덕였다.

"내일 아침에 곧바로 백리운이 북쪽 땅을 치기로 했습니다. 그럼 그 뒤에 제가 병력을 이끌고 남쪽 땅을 치겠습니다."

"내일이라……. 오늘 밤은 아주 바빠지겠구나."

"백리극이 죽은 이후로 이런 난잡한 상황을 예상하지 못한 건 아니지 않습니까?"

"그래. 하지만 다른 곳에서 먼저 난리를 칠 줄 알았지, 이리 우리가 먼저 공격할 줄 알았겠느냐?"

담무백이 덤덤히 웃으며 일어섰다.

"전쟁은 전쟁입니다. 거기에 뭐가 다를 게 있겠습니까?"

"단단히 준비시키고 출정해라."

담무백이 고개를 끄덕이며 밖으로 나가자, 얼마 지나지 않아 밖이 소란스러워졌다.

* * *

그와 비슷한 시각.

온 세상이 검은 천으로 뒤덮인 것처럼 새카맣게 물들었을 때, 사사천구의 북쪽 땅에 있는 문파들 중에서도 제법 큰 문파에 속하는 강학문의 연무장에서 횃불이 화르르 타올랐다. 그리고 그 연무장에서 그리 멀지 않은 곳에 위치한 장문인의 처소에도 불빛이 새어 나왔다.

꽉 닫혀 있는 창문들.

그런데도 바람이 들어오는 것처럼 촛불이 흔들리자, 그 앞에 앉아 있는 중년 남성이 고개를 치켜들었다.

그의 이름은 원문, 이곳 강학문의 장문인이었다.

이런 문파의 장문인이라면 북쪽 땅에서도 제법 영향력이 있다. 그런데 그는 흔들리는 촛불만 바라보며 잔뜩 긴장한 듯 어깨에 잔뜩 힘을 주었다.

"왔소이까?"

하지만 이 상황이 익숙한 것처럼 그는 방 안 구석진 곳을 보며 말했다. 그러자 그 구석진 곳에서 웬 젊은 여인이 치맛자락을 스르르 땅에 끌며 앞으로 걸어 나왔다. 그리고 그 여인의 옆에서 나란히 앞으로 나온 젊은 사내가 있었는데, 그 사내를 보자 원문이 그인 줄 알았다는 듯이 입을 열었다.

"어쩐 일이오? 또 무슨 일이 생겼소? 그리고 그 소저는 누구시오?"

"저는 이비라고 해요."

"이비? 꼭 거기 있는 육비와 아는 사이 갔구려."

그 말에 젊은 사내는 자신도 모르게 피식 웃었다.

"이 모습을 하고 있는 게 여간 익숙지가 않군. 무엇보다 육비라고 불리는 게 불편해."

그 사내는 육비의 모습을 역용하고 있는 종무도였다. 하지만 그 사실을 모르는 원문은 얼굴에 의아한 빛을 띠고 고개만 갸웃거리고 있었다.

"그게 무슨 소리요?"

"네가 알 필요 없다."

종무도는 그 말을 내뱉은 순간 훌쩍 몸을 날려, 원문의 머리를 뛰어넘어 그의 뒤로 떨어졌다.

질풍처럼 순식간에 지나간 그의 움직임을 원문이 쫓아가기엔 무리였다.

"무, 무슨……."

그는 자신의 뒤에서 넘어오는 한기를 느끼고 황급히 뒤돌아봤다. 아니, 뒤돌아보려는 순간이었다.

"끄윽!"

어디선가 얇고 단단한 검은 줄이 나타나더니, 눈 깜짝할 새에 목을 세 번이나 감았다. 그리고 그때 뒤에서 등을 누르는 주먹 때문에 원문은 뒤돌아보지도 못하고 꼼짝없이 목이 묶여야 했다.

"크흑……."

원문은 그 실에 목이 조이자 온몸에 힘이 빠져나가는 걸 느끼며 털썩 무릎을 꿇었다.

"끄으……. 왜, 왜……."

"왜긴, 비들이 설치기 전에 그놈들과 손잡은 놈들을 처리하는 거지."

"네, 네놈이 비……. 끅!"

그 순간, 목을 파고드는 검은 실이 더욱 팽팽해졌다. 그리고 귓가로 차가운 바람줄기가 스치고 지나갔다.

"헛."

그리고 그 소리가 원문이 눈을 감기 전에 마지막으로 들은 소리였다.

쿵.

원문이 쓰러지고, 그의 정면에 있던 이비가 차가운 눈길로 그를 내려다보며 말했다.

"굳이 죽일 필요 있었을까요?"

"이런 놈들은 언제라도 배신할 수 있소. 그러니 기회가 있을 때 빨리빨리 죽이라는 게 소가주의 명이오."

"그럼 모용세가는요? 모용세가도 비와 손을 잡았는데봐주지 않았나요?"

"모용세가는 동쪽 땅에 있지 않소? 소가주가 충분히 통제할 수 있지만, 이들은 동쪽 땅에 없소. 통제할 수 없으면 버리는 것이 맞지 않소?"

이비가 피식 웃었다.

"그러한 결단력은 백리극 공자님을 쏙 빼닮았군요."

"백리세가의 내력 아니겠소?"

"그럴지도 모르지요."

종무도가 원문의 시신을 구석으로 끌고 가며 물었다.

"다음은 어디요?"

"이 부근에 다만문이라는 곳이 있어요. 그곳의 장문인도 육비와 손을 잡았죠."

"생각보다 많구려."

"그만큼 욕망이 넘치는 사람이 많다는 뜻이지요."

종무도는 원문의 시신을 잘 보이지 않는 곳에 두고서 손을 탈탈 털었다.

"갑시다, 그쪽으로."

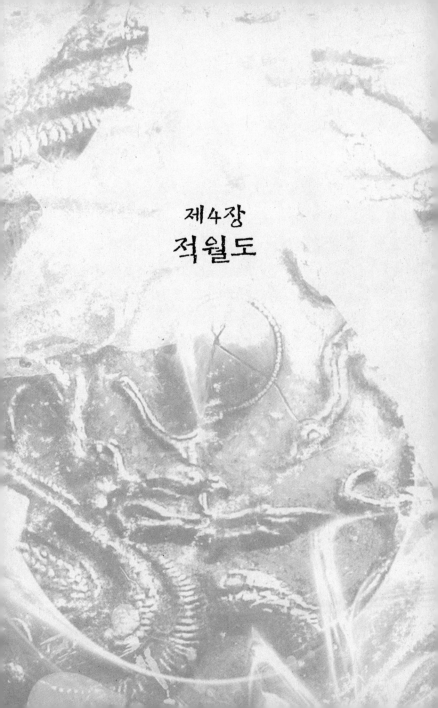

제4장
적월도

밤이 깊어지고 달도 서서히 지기 시작했을 때, 어두운 파란 빛이 하늘을 적시고 있었다. 그리고 그와 동시에 백리세가의 대연무장으로 백리운과 무언가를 들고 낑낑거리며 따라오는 염악종이 나란히 들어섰다.

"늦으셨습니다."

미리 대연무장에 와 있던 백리연이 환하게 웃으며 손을 흔들자, 염악종이 들고 있던 옷 무더기를 연무장 바닥으로 내쳤다. 그러자 와르르 쏟아지는 새하얀 장포가 땅바닥을 뒹굴었다.

"귀찮아 죽겠네."

그가 투덜거려도 백리운은 못 들은 척 앞만 보며 입을 열었다.

"여기 이 옷은 백랑사단의 정식 단원만이 입을 수 있는 옷이다. 그리고 이 옷을 입으면 더 이상 돌아갈 수 없다. 그러니 원하는 사람만 입도록 해라."

백리운은 한 발 뒤로 물러서며 공간을 내주었다. 그러자 대연무장에 모여 있는 백리세가의 젊은 무인들이 하나둘씩 다가와 각자 자신의 몸에 맞는 옷을 들고 되돌아갔다.

아무런 무늬도 없이 금색 테두리만 박혀 있는 백색 장포.

과거 백랑사단의 무인들만 입을 수 있던 옷 그대로 재현한 것이었다.

"한 명도 빠지지 않은 겁니까?"

그때, 대연무장으로 백리혼과 당기철이 단단히 옷을 조여 입은 채 들어섰다. 그에 백리운이 고개만 살짝 끄덕이자 백리혼이 싱긋 미소를 머금으며 대연무장을 둘러봤다.

백리세가의 미래라 할 수 있는 젊은 무인들.

그들을 보는 백리혼의 눈빛이 크게 흔들렸다.

"기도가 많이 변했습니다. 소가주께서 상당히 훈련시킨 듯합니다."

그 말에 염악종이 신경질적으로 입을 열었다.

"내 주인 놈은 시키기만 했지, 훈련은 나와 여기 당가 놈이 다

했다."

"쯧쯧. 시종아, 원래 시종이 한 것도 주인이 한 것과 마찬가지이니라."

"게을러 터져서 시키기만 하고. 나도 어서 시종을 두든가 해야지."

"아서라. 네놈 위에 있어도 머리가 터질 지경인데, 네놈 밑에 있는 건 자살행위나 마찬가지지."

그 말에 백리혼과 당기철이 고개를 반대쪽으로 돌리며 피식 웃었다. 그리고 젊은 무인들이 옷을 갖춰 입어 가는 게 보이자, 백리운이 그들을 향해 성큼성큼 발을 내디뎠다.

"어제 말했다시피 우리는 지금 북쪽 땅을 칠 것이다. 너희들이 사대요단처럼 체계적인 합격진을 배운 것은 아니지만, 그동안 해 왔던 훈련이 난전에 특화되었던 만큼 이번 일을 잘 해결하리라 믿는다."

"소가주! 질문이 있습니다."

백리연이었다.

"뭐지?"

"이번에 북쪽 땅을 치고 빠지는 겁니까?"

"아니다. 계속 몰아치는 것이다. 해가 뜨면 사대요단의 후방 지원이 있을 예정이다."

"현월교까지 가는 겁니까?"

백리운이 고개를 저었다.

"아니다. 너희들의 목적은 북쪽 땅의 조직인 사소도와 삼대도이다."

"저희들끼리만 그 조직을 맡는 겁니까?"

"내가 있지 않은가? 그럼 충분하다."

너무도 당연하게 말하는 백리운을 보고 백리연은 순간 자신도 모르게 납득할 뻔했다.

"그렇지만……."

사소도와 삼대도는 북쪽 땅의 일곱 개의 조직을 일컫는 말이다.

아무리 백리세가의 백랑사단이라도 그 커다란 조직을 혼자서 맞서는 것은 도저히 가망이 없어 보였다. 설사 백리운이 알려 준 변형된 무공을 익혔다 하더라도 말이다.

"수에서 너무 많이 차이가 납니다."

"말하지 않았나? 난잡한 전장을 만들 거라고. 우리는 북쪽 땅에서 끝없이 움직이며 사소도와 삼대도를 처리할 것이다."

"그럼 현월교는 어찌할 생각입니까?"

"걱정 마라. 그건 내가 알아서 할 터이니."

그때, 백리운의 귀로 익숙한 음성이 날아들었다.

[태제, 저 종무도입니다.]

[끝냈나?]

[예. 현재 북쪽 땅에서 비들과 결탁하고 있는 장문인들을 모조리 제거했습니다.]

[수고했다.]

[정녕 제가 쫓아가지 않아도 되겠습니까?]

[사령신문은 나중에 오게 되는 사대요단에 합류해라. 최대한 덜 피해를 입도록 그들을 지켜 줘야지. 이들은 내가 맡을 터이니.]

[알겠습니다.]

백리운이 돌연 몸을 돌려 입구 쪽으로 걸음을 움직이자, 그 뒤를 따라 백리혼과 당기철, 그리고 염악종이 바짝 따라붙었고, 또 그 뒤로 새하얀 장포 자락을 펄럭이며 백리세가의 젊은 무인들이 따라붙었다.

*　　*　　*

사소도와 삼대도.

북쪽 땅 네 개의 작은 조직과 세 개의 커다란 조직을 일컬어 부르는 말이다. 크고 작다고 구분해 그들이 상하 관계에 있는 것은 아니다.

어디까지나 그 일곱 개의 조직은 동등한 위치에서 각자의 역할을 하며, 하나의 유기체처럼 움직인다. 그것이 가능한 이유는 강자만이 갖는 통솔권 때문이다.

오직 강자만이 위로 올라가는 북쪽 땅의 규율 덕분에 그 밑에 있는 자들은 꼼짝없이 말을 들어야 하고, 그러한 계급주의가

바탕으로 깔려 있기 때문에 사소도와 삼대도는 철저히 한 부대처럼 움직인다.

하지만 그렇다고 그 많은 인원이 평소에도 한곳에 몰려 있는 것은 아니다.

넓은 북쪽 땅 곳곳에 사소도와 삼대도가 퍼져 있고, 특별히 움직일 때가 있을 때마다 모이는 게 그들만의 방식이다.

하지만 그렇게 그들이 각각 떨어져 있다고 해도 그 조직을 무시할 수는 없다. 엄연히 북쪽 땅을 대표하는 조직들이고, 그만큼 고된 훈련을 받은 이들이기 때문이다.

그래서 그중 하나인 적월도의 건물을 앞두고 백랑사단의 무인들이 긴장하는 것은 당연했다.

꿀꺽.

어디선가 침 넘어가는 소리가 들렸다. 하필이면 다들 입을 다물고 있던 터라 그 소리가 유난히도 크게 울렸다. 하지만 어느 누구도 비웃는 자는 없었다.

"소가주."

백리연이 눈앞에 있는 적월도의 건물을 보며 말하자, 백리운의 고개가 틀어졌다.

"왜? 이제 와서 두려운 건가?"

"그게 아니라, 여기까지 몰래 숨어 들어왔는데, 꼭 정면으로 갈 필요가 있습니까? 여기까지 온 것처럼 담을 몰래 넘거나 하지요. 잘못하면 북쪽 땅 사람들 전부를 깨울지도 모릅니다."

백리운이 피식 실소를 흘렸다.

"몰래 숨어 들어간다고 안 시끄러울까? 걱정 말고 들어가기나 해라. 그 점은 내가 알아서 할 테니."

그 말에 가만히 듣기만 하던 백리혼이 앞장서서 적월도의 문을 열고 안으로 성큼성큼 들어갔다.

"뭐 하냐, 안 들어오고? 너 그러다가 재밌는 놈들 놓친다."

백랑사단의 무인들이 그 뒤를 따라 단번에 몸을 날리자, 백리연도 뒤늦게 허겁지겁 몸을 밀어 넣었다.

반면, 당기철은 담장 위로 올라가 암기를 꺼내 들었다. 후방에서 암기를 날리며 지원하기 위함이었다.

"엥? 주인, 너는 안 들어가나?"

문 앞에 선 염약종이 뒤에서 가만히 서 있는 백리운에게 물었다. 그에 백리운이 양손을 크게 펼치며 말했다.

"시끄러울 수 있으니 먼저 막을 좀 쳐 놓고."

그 말과 동시에 백리운의 손에서 뿜어진 천월의 기운이 적월도의 건물들을 감싸 안았다.

누군가 봤으면 기겁했을 광경.

그러나 백리운은 매우 편안한 걸음으로 적월도의 안으로 들어갔다.

사소도와 삼대도는 각 조직의 주인을 두고, 또 그 일곱 개의 조직을 총괄하는 한 사람을 둔다. 그래서 지금처럼 각각 따로 떨어져 있을 때에는 적월도의 주인이 그곳의 최고 책임자가 된다.

적월광운도(赤月光雲刀) 일수랑이 바로 이곳의 주인이었다.

지금 그는 낮에 있었던 고된 훈련을 마치고 처소에서 잠을 자는 중이었다. 바깥에서 쩡 울리는 쇳소리가 들리기 전까지 말이다.

채채채채챙!

귀청을 찢는 날카로운 음향!

반듯하게 누워 있던 일수랑이 번쩍 눈을 뜸과 동시에 침상에서 몸을 일으켰다. 그러자 사방에서 굉음이 쏟아져 나왔다.

"웬 놈들이냐!"

단숨에 상황을 파악한 일수랑이 침상 바로 옆에 있는 도를 집어 들고 밖으로 뛰쳐나갔다.

쾅!

문을 열지도 않고 박살 내며 밖으로 튀어나온 일수랑의 눈에 일사불란하게 움직이는 백의인들이 보였다. 그리고 그중에서도 유독 강한 기세를 풍기는 두 사람이 보였다. 아니, 세 사람이었다.

백리혼과 염악종, 그리고 저 뒤에 있는 담장에서 암기를 날리는 당기철.

일수랑은 대충 누구인지 단번에 알 수 있었다.

"백리세가!"

그가 호통을 치며 적월도의 앞마당으로 나오자 사방에 흩어져 있던 적월도의 무인들이 그를 중심으로 모여들었다. 그리고 순식간에 오와 열을 정리하며 마치 꽃이 활짝 피어난 형태로 진을 쳤다.

물론, 그 중심에는 일수랑이 있었다.

"다른 곳도 아니고 백리세가에서 이리 나올 줄 몰랐소이다."

"영광으로 알게나. 자네의 적월도가 우리 백랑사단의 첫 목표가 되었으니."

앞으로 나서는 백리혼의 말에 일수랑이 눈썹을 꿈틀거렸다.

"백랑사단? 아, 그걸 재건했다는 소식은 들었소만, 벌써 이리 움직일 줄은 몰랐소."

일수랑이 그 말을 내뱉으며 주변을 두리번거렸지만 이들 말고 다른 기척이 느껴지거나 다른 소리가 나지는 않았다.

"설마, 이 어린애들만 데리고 온 것이오?"

"그 어린애들이 바로 백랑사단의 무인들이다."

"나 참, 애들 장난하는 것도 아니고……. 겨우 애들 가지고 우리를 잡으려고 했소?"

백리혼이 당당하게 말했다.

"적월도는 거쳐 가는 곳일 뿐, 우리의 목적은 북쪽 땅 전체다."

"후우, 이거 장난으로 넘기기엔 꽤 심하오."

그때였다. 일수랑이 그리 말하며 앞으로 한 발 나오려 하자, 백리혼의 옆에 서 있던 백리태가 재빨리 손을 털어 풍아기를 쏟아 냈다.

퍼퍼퍼펑!

가운데가 볼록 솟아난 바람의 송곳니가 파도처럼 일수랑의 전신을 뒤덮었다.

쐐애애애액!

그 순간, 일직선으로 번뜩이는 붉은빛 줄기.

그 섬뜩한 빛줄기를 따라 풍아기가 반으로 쩍 갈라졌다.

그런데 그걸 간단히 막아 낸 일수랑의 표정이 좋지 않았다. 그가 쥐고 있는 얇고 긴 붉은색 도가 미세하게 흔들리고 있었고, 그의 손목도 덩달아 떨고 있었다.

'언제부터 백리세가의 풍아기가 이토록 묵직했지?'

일수랑은 사나운 눈초리로 고개를 들었다.

"그동안 많이 달라진 것 같소이다. 이리 짧은 시간에 달라진 것을 보면……."

"이제야 제대로 해볼 마음이 생긴 듯하군."

백리혼도 허리춤에서 검을 뽑아 들었다.

스르릉.

그가 검을 들자 기세가 완전히 바뀌었다.

"죽이지는 마라."

백리혼의 뒤에서 들려온 목소리에 일수랑이 고개를 들어 그곳을 바라봤다. 하지만 그곳에 누가 있는지 알아보기도 전에 백리혼의 검이 눈앞에서 팔딱 튀어 올랐다.

차창!

가볍게 내지른 백리혼의 검을 적월도의 무인들이 도를 한데 모아 막았다. 그에 백리혼이 검에 내력을 불어넣으며 자신의 검에 닿아 있는 수많은 도들을 꾹 눌렀다. 하지만 그 뒤엉킨 도들도 제법 버티는 듯 부들부들 떨뿐, 아래로 밀려나진 않았다.

"제법."

씩 웃는 백리혼의 뒤로 백색 장포를 펄럭이며 비조처럼 날아오른 인영이 있었다.

긴 머리카락이 매혹적으로 찰랑이는 굴곡진 몸태가 고스란히 드러나는 여인.

백리소소였다.

그녀는 자신의 애병인 비가월을 머리 위로 번쩍 들어 올린 채 공중에서 무서운 속도로 떨어지고 있었다.

콰앙!

땅바닥을 헤집고 착지한 백리소소의 비가월의 묵직한 날이 여러 자루의 도를 깔아뭉개고 있었다. 그리고 그녀는 서서히 고개를 들며 그 도의 주인들을 훑어봤다.

"아쉽네요."

그녀가 방긋 웃으며 팽이처럼 한 바퀴 회전하자, 가로로 누운 비가월이 앞 공간을 갈랐다.

후웅!

하지만 비가월을 따라 일어난 묵직한 후폭풍의 범위에 적월도의 무인들은 없었다. 그들은 능수능란하게 뒤로 물러나 있었다.

"무기 없이 싸울 수 있겠어요?"

빈손인 대여섯 명의 무인들이 그 말을 듣고 등 뒤에서 다른 도를 꺼내 들었다.

"무기를 두 자루씩이나 가지고 다니는구나."

그녀가 자신의 발 앞에서 뭉그러져 있는 여러 도를 보고 다시 슬쩍 미소를 지었다.

"그럼, 이건 버리는 건가요?"

그 순간, 그녀를 노려보던 대여섯 명의 무인들이 한 줄기 질풍처럼 날아들었다.

"음?"

가장 먼저 나온 두 사람이 도를 뻗어 비가월의 날을 싹둑 잘라 왔고, 다음 두 사람이 옆으로 빠져 창대처럼 기다란 비가월의 손잡이를 베어 왔다. 그리고 나머지 두 사람은 양옆으로 멀어지더니, 비가월을 내밀고 있느라 텅 비어 있는 그녀의 옆구리를 노리고 도를 휘두르고 있었다.

"치잇!"

이를 악문 그녀는 슬쩍 주변을 둘러봤지만, 다른 이들도 자신처럼 대여섯 명을 홀로 상대하고 있었다. 그래서 그녀는 벌써부터 수적으로 밀리는 걸 깨닫고는 몸을 뒤로 내빼며 비가월을 뒤로 잡아당겼다.

차차차차창!

뒤로 빠지는 비가월의 날이 순식간에 여섯 자루의 도끝을 스치고 지나갔다. 그리고 그녀 또한 볼썽사나운 모습으로 휘청거렸지만, 아무 상처 없이 그 공격 속에서 빠져나올 수 있었다.

하지만 곧바로 달려드는 그들을 본 그녀는 조금도 쉴 틈이 없다는 걸 깨달았다.

"이익!"

어깨 쪽으로 베어 오는 도를 비가월의 손잡이로 막고, 그 도의 주인을 향해 다리를 뻗었건만……

쏴악!

귀신같이 다가온 다른 도가 다리를 싹둑 잘라 내려고 해서 그녀는 다리를 뻗지 못했다.

"흡!"

그리고 정신없이 몰아치기 시작한 적월도의 무인들이 절대로 공간을 내주지 않으려는 듯 바짝 붙었다. 그들은 이미 비가월처럼 커다란 무기를 휘두르려면 공간이 필요하다는 것을 알고 있었기 때문이다.

좁은 공간은 적들의 도로 가득 차 있었다.

그 지경까지 밀린 이유는 무력의 차이가 아닌 경험의 차이 때문이었다.

피웃!

그런데 그때, 그 속에서 홀로 고군분투하는 그녀의 주위에서 날카로운 휘파람 소리가 일어났다.

차차차창!

눈앞에 나란히 날아드는 네 자루의 도끝에서 연달아 불꽃이 튀었다. 그리고 그 불꽃과 동시에 쏜살같이 다가오던 네 자루의 도가 뒤로 주르륵 밀려났다.

'지금이다!'

갑작스럽게 생긴 공간이건만, 그녀는 이미 준비하고 있었다는 듯 그 공간을 비가월의 움직임으로 채웠다.

채찍처럼 휘어지는 손잡이를 따라 둥그런 비가월의 날이 그녀의 주위에서 유성우처럼 쏟아져 내렸다.

콰콰콰콰콰콰쾅!

순식간에 땅을 헤집고 땅에 처박힌 절세의 무공!

백리세가의 철령벽마부였다.

후아아아아!

먼지바람이 일어나 주위를 둘러싸자, 그녀가 머리 위로 비가월을 들어 풍차처럼 휘둘렀다.

휘휙!

그러자 먼지바람이 순식간에 걷혔고, 미처 피하지 못한 적월도의 두 무인이 움푹 파인 구덩이 안에 박혀 있었다. 물론, 그 두 사람의 도는 비가월에 직접 닿아 반 토막 나 있었다.

그에 그녀는 고개만 뒤로 돌려 담장 위에 서 있는 당기철에게 고맙다는 의미로 미소를 지어 보였다. 방금 전에 암기를 던져 네 사람을 밀어내 준 이가 그였기 때문이다.

하지만 당기철은 심각하게 굳은 표정으로 소리쳤다.

"지금 어디라고 한눈을 파는 것이냐!"

"걱정 마세요."

그녀는 능숙하게 비가월로써 다가오던 자의 복부를 찍어 밀었다.

차앙!

하지만 그가 도를 세워 비가월을 막았다. 그에 그녀는 비가월을 빼기는커녕 힘으로 밀어붙였다.

주르륵.

뒤로 밀려나는 그 무인의 얼굴이 사색이 되었다.

'무, 무슨 여자가 이리 힘이…….'

그때, 그녀가 비가월을 뒤로 살짝 내뺐다가 다시 번개처럼 밀어 넣었다.

콰앙!

걸레짝처럼 튕겨져 나간 적월도의 무인이 땅바닥을 뒹굴었다. 순식간에 벌어진 일이었다.

그에 그녀를 상대하던 남은 세 사람은 목울대가 넘실거릴 만큼 침을 삼켰다.

꿀꺽.

* * *

백랑사단의 무인 한 명에게 적월도의 무인들은 최소 다섯 명

이상이 붙어 몰아붙였다. 그럼에도 뒤에 남아 든든하게 지원해 줄 무인들이 더 있을 만큼 수가 많았다. 그러나 그들을 상대하는 백랑사단 무인들의 얼굴에서는 전혀 두려움이라고는 찾아볼 수가 없었다.

차창!

백리연이 검을 양옆으로 흔들어 좌우에서 다가오는 두 무인을 밀어냈다. 하지만 그들이 빠지기 무섭게 그 자리를 채우는 적월도의 다른 무인들이 세차게 도를 휘두르며 달려들었다.

"흐음!"

백리연은 몸을 뒤로 물리며 쇄도하는 두 자루의 도를 향해 검을 휘둘렀다.

채채채챙!

사선으로 깊게 베어 오는 두 자루의 도를 백리연이 검으로 두들기자, 그 두 자루의 도가 목표를 잃고 허공에서 휘청거렸다. 그러자 이번에도 기다렸다는 듯이 뒤에서 허공을 싹둑 베어 오는 한 자루의 도가 있었다. 그뿐만 아니라, 그 뒤에도 다른 사람이 대기 중이었다.

한순간의 틈도 주지 않는 절명의 연수 합격.

다섯 명이 모이든 수십 명이 모이든 유기체처럼 하나로 움직이는 북쪽 땅 조직의 특성이 잘 나타나 있었다.

"칫!"

그때, 뒤로 물러서려던 백리연을 향해 주변에 있던 염악종이 혀를 차며 한마디 던졌다.

"이 한심한 놈아, 왜 자꾸 뒤로 물러나기만 하냐?"

"그, 그럼 어떻게 합니까?"

"아직도 모르겠냐? 스스로 훈련한 걸 생각해 봐. 피하지 않고 부딪쳐도 충분히 이길 만하다, 이놈아."

"다른 사람도 아니고 적월도의 무인을 어떻게……. 이씨! 교관님 때문에 더 악착같이 덤비잖아요."

염악종의 말을 들은 적월도의 무인들이 더 거칠게 도를 휘두르며 백리연을 몰아붙였다.

"야, 이 멍청한 놈아. 지금도 네가 하나도 빠짐없이 도를 쳐 내고 있잖아, 피하는 게 아니라! 피할 필요가 없는데 왜 자꾸 몸을 뒤로 빼."

"아, 그게……. 그러네요!"

그제야 뒷걸음질 치던 백리연의 걸음이 멈췄고, 순식간에 그의 전방이 화려한 도의 잔영으로 뒤덮였다. 그러나 백리연은 당황하지 않고 차분히 검을 휘둘러 모두 쳐 냈다.

차차창!

말끔히 사라진 도의 잔영들.

그에 백리연이 염악종이나 낼 법한 웃음소리를 내며 앞으로 신형을 날렸다.

"크하하!"

비호처럼 달려드는 백리연의 손이 흐릿하게 번지며 고속으로 접어들었다. 그와 동시에 그 손에 들려 있는 검 또한 형체를 잃고 잔상만 남겼다.

차차차차창!

불길처럼 번지는 백리연의 검초가 매섭게 엉켜들며, 마치 그 물망처럼 정면에 있는 다섯 명의 무인들을 덮쳐 갔다.

스치기만 해도 싹둑 썰릴 것 같은 새파란 날이 온몸을 집어 삼키려 드니 적월도의 무인들조차 주춤거릴 수밖에 없었다.

수많은 변화를 난잡하게 퍼뜨리며 일초에 끝낸다.

백리세가의 항만일극검(抗滿一極劍)이었다.

본래 그 검법은 변화를 일초식에 담는 것만큼 화려하기 그지 없는 검법이건만, 지금 그의 검에서 피어난 검초는 굉장히 투박해 보였다. 그리고 그만큼 강했다.

중검의 묘리가 그 안에 그대로 실려 있는 것이다.

차차차창, 까앙!

백리연의 검이 지나간 자리에 부러진 도신(刀身)이 팽그르르 돌며 튀어 올랐다.

마치 바위로 내리찍은 것처럼 부러진 도신의 끝은 처참하게 박살 나 있었다.

"크윽!"

적월도 무인들이 각자의 손목을 잡고 인상을 찡그렸다. 그만큼 백리연의 검에 담긴 힘은 강했던 탓이다.

퍼억!

적월도 무인들이 머뭇거리는 순간을 놓치지 않고 백리연이 가장 앞에 있는 무인을 어깨로 밀어 쳐 낸 뒤 반대쪽으로 검을 쭉 찔러 넣었다.

부드럽게 흘러나오는 한 줄기의 검기가 앞뒤로 서 있는 무인들의 어깨를 꿰뚫었다.

퍽!

뒤이어 발로 그들을 밀어내며 검을 뽑아낸 뒤 멀쩡한 도를 들고 서 있는 나머지 두 명을 향해 몸을 날렸다.

"크하하하!"

이번에도 괴성을 내지르는 백리연의 얼굴엔 자신감이 가득 차 있었다. 그리고 그의 검에는 그 자신감만큼이나 막강한 위력이 담겨 있었다. 그래서 그 검 아래 있는 두 명의 적월도 무인들도 여지없이 그의 검에 날아가리라 생각했다.

그런데 그 순간에 좌측에서 섬전처럼 허공을 스치는 장력이 있었다.

그 장력이 어찌나 빠른지 백리연이 그 장력을 느끼고 고개를 돌렸을 땐 이미 그의 옆구리에 깊숙이 박힌 후였다.

퍽!

줄이 끊어진 연처럼 반대쪽으로 튕겨져 나가 땅바닥에 처박힌 백리연은 그대로 엎드려 옆구리를 부여잡고 몸만 부르르 떨고 있었다.

마치 철퇴로 맞은 것 같은 고통이었다.

"끄으……."

그가 힘겹게 고개를 들어 장력이 날아온 곳을 쳐다봤다.

세 걸음이면 닿을 거리에서 일수랑이 손을 뻗은 모습이 보였다.

"흐……. 역시 적월도의 주인은 다르네."

하지만 정작 그 말을 들은 일수랑의 표정은 좋지 않았다. 어디를 둘러봐도 백랑사단 무인 한 명이 자신의 조직원들 여럿을 압도하고 있었기 때문이다.

'이것이 백아사천에 속하는 문파의 힘인가?'

그냥 여럿을 혼자 상대하는 게 아니라, 철두철미하게 맞춰진 합격진을 일개 개인이 무너뜨리고 있었다.

이대로 손 놓고 보기만 한다면 필시 적월도의 궤멸은 피해 갈 수 없을 것이다.

'제길! 저놈들뿐만 아니라 백리혼에 염악종, 그리고 당기철까지 있으니……. 아니, 그런데 이 정도 소란이 일면 다른 곳에서 소리를 듣고서라도 달려올 때가 됐는데.'

이 일대를 둘러싼 천월의 기운을 느낄 만큼 일수랑의 무위는 고강하지 않았다. 하물며 적월도의 무인들은 어떻겠는가? 그들 역시 지원을 오지 않는 다른 문파들을 하염없이 기다리고만 있었다.

차창!

일수랑이 사방으로 장력과 검기를 뿌리며 적월도의 무인들을 도와주고 있을 때였다.

스응.

그의 하단으로 수풀 속의 뱀처럼 은밀히 접근하는 검기가 있었다.

'음?'

그 검기가 가까이 다가오고 나서야 일수랑은 기척을 느끼고 황급히 도를 땅바닥을 향해 내리찍었다.

쩌엉!

귀청을 강하게 때리는 날카로운 쇳소리!

일수랑이 내려찍은 도끝에 기다란 검끝이 맞물려 있었다.

그의 다리를 노리고 찔러 들어온 백리혼의 검이었다.

"적월도의 주인이라더니, 제법이군."

"그 거칠다고 소문난 백리혼이 이리 기습할 줄 몰랐소이다."

"기습은 네놈이 먼저 했지. 부하들의 뒤에 숨어서 말이야."

일수랑이 눈썹을 꿈틀거리며 백리혼의 검을 더 지그시 눌렀다.

기이잉.

쇠와 쇠가 미끄러지는 소리는 귀청을 찢을 것 같아 듣기 싫었다. 그럼에도 백리혼과 일수랑은 서로 힘을 주며 물러나려 하지 않았다.

그렇게 오랫동안 힘겨루기가 지속되는가 싶었는데…….

쿠웅!

일수랑의 뒤로 거대한 그림자가 떨어져 내리며 갈갈한 목소리가 튀어나왔다.

"비무하냐?"

"……!"

등 뒤에 바짝 붙은 목소리에 놀라 일수랑이 팽이처럼 몸을 돌렸다.

그러나 채 반도 돌지 못하고…….

퍼억!

위에서 사선으로 내리꽂히는 주먹에, 돌았던 속도보다 두 배는 더 빠르게 되돌아가며 땅에 처박혔다.

"……."

눈에는 흰 자위만 남아 있었고, 그의 뺨은 망치로 찍힌 것처럼 안으로 폭삭 함몰되어 있었다.

"귀찮게 질질 끌고 난리야."

"후."

백리혼은 아쉽다는 듯이 한숨을 내쉬며 검을 집어넣었다.

"빨리빨리 해치우자고. 이러다 곧 해 뜬다. 언제까지 적월도에 묶여 있을 거야?"

그 말에 동의라도 하는 듯 적월도 무인들을 몰아치는 백랑사단의 공세가 더욱 가공해졌다. 그에 뒤에서 기척을 죽이고 지켜만 보던 백리운이 슬쩍 입을 열었다.

"죽이진 마라."

이미 적월도의 무인들은 전의를 잃었다. 그들처럼 하나로 움직이는 조직에서 우두머리가 사라지면 한 점으로 모일 구석이 없어 더 이상 제 위력을 발휘하지 못한다. 그래서 그나마 근근이 버티던 적월도의 무인들이 속절없이 무너져 내리고 있었다.

그리고 그 광경을 지켜보던 백리운의 입가에 묘한 미소가 떠올랐다.

'자신이 얼마만큼 강해진 줄 몰라서 초반에 밀리던 것 빼고는 나름 괜찮군.'

백리운은 적월대를 둘러싼 천월의 기운을 거둬들이려고 밖으로 나갔다.

끼이익.

그런데 문을 열고 밖으로 나온 순간, 단단히 씌워 났던 천월의 기운 때문에 이 부근을 지나가는 행인의 기척을 느끼지 못했다.

"이런……."

그 행인들은 열린 문 사이로 적월도의 무인들이 밀리는 광경을 보고 입이 찢어져라 소리쳤다.

"치, 침입자다!"

퍼퍼퍽!

백리운이 황급히 주먹을 뻗어 그들의 명치를 두들겼지만, 이미 그들의 목소리가 새벽 공기를 쩌렁쩌렁 울린 후였다. 그리고 그러기 무섭게 사방에 있는 어두웠던 건물들에서 불빛이 새어 나오기 시작했다.

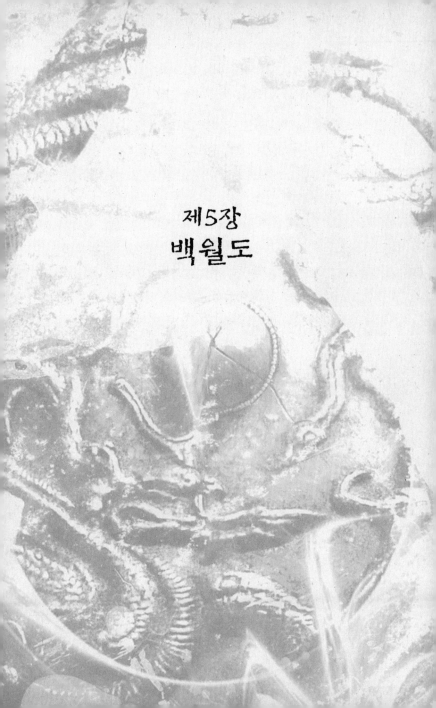

제5장
백월도

적월도의 건물에서 나온 백랑사단의 무인들은 일제히 담벼락을 타고 지붕 위로 올라가 앞으로 쭉쭉 나아갔다. 그리고 그런 그들을 가리키며 지붕 밑에서 소리지르는 사람들이 늘어나기 시작했다.

"저기다! 저기 있다!"

"동쪽 땅에서 쳐들어왔다!"

지나가는 곳마다 그 소리가 울려 대서 짜증이 났는지, 가장자리에 있던 백리태가 지붕 위로 몸을 날리는 북쪽 땅의 무인들을 향해 풍아기를 쏘아 댔다.

파파파팡!

콰콰콰콰쾅!

그들을 격추시킨 풍아기가 전각에까지 처박히니 더욱 시끄러운 굉음이 일어났다.

"이 멍청한 놈아! 힘 조절을 하든가!"

"흥! 어차피 저리 개처럼 짖어 대는 통에 이미 소문이 났겠다."

"제길!"

"그래도 오래 버텼잖아? 적월도를 물리칠 때까지 아무런 지원도 오지 않은 거 보면……."

그들의 무위로는 백리운이 천월의 기운을 이용해 소리를 막았다는 사실을 알기에 역부족이었다. 그러나 반대로 어렴풋이나마 느끼고 있던 백리혼은 앞서 있는 백리운을 향해 슬쩍 물었다.

"소가주, 이제 어쩌실 생각입니까?"

"흩어져야지."

백리혼의 얼굴이 흠칫 굳었다.

"북쪽 땅 한복판에서 말입니까?"

"이렇게 몰려다니는 것보다는 나은 것 같은데."

그때, 정면을 떡하니 가로막고 있는 삼층 전각이 백리운의 눈에 들어왔다.

"내가 시선을 끌지."

그 말과 동시에 지붕을 박찬 백리운의 신형이 공중으로 떠오르더니, 눈으로 좇을 수 없을 만큼 무시무시한 속도로 쭉 나아갔다.

한 줄기 섬전처럼 허공을 압축하며 눈앞에 있는 삼층 전각의 꼭대기에 도달한 백리운이 전각에 손을 대고 천월의 기운을 쏟아부었다.

쿵, 쿠르르르르!

그 거대한 전각이 모래성처럼 와르르 무너져 내리기 시작했다.

쿠르르르- 콰앙!

땅바닥을 후려치고 일어난 먼지의 물결이 그 일대를 싹 뒤덮었다.

그것은 백리운 일행이 있는 곳도 예외가 아니었다. 그들 역시 먼지로 뒤덮여 온 세상이 뿌옇게 물드는 것을 지켜봤다.

이들 같은 무림인들에게 그깟 먼지가 대수랴?

하지만 백리운이 일부러 먼지를 일으킨 걸 알고 그들은 먼지를 걷어내지 않고 입과 코만 손으로 막은 채 다음 명령을 기다리고 있었다.

그때, 먼지 속으로 들어온 백리운의 목소리가 울렸다.

"백리혼 사숙조와 염악종, 그리고 당기철 교관을 중심으로 백랑사단의 무인들은 세 갈래로 흩어져라."

"소가주께서는 어디로 가실 생각입니까?"

백리혼의 물음에 백리운이 즉각 대답했다.

"삼대도가 있는 곳으로 갈 겁니다."

"혼자서 말입니까?"

"……."

백리운이 말없이 고개를 끄덕였다.

"알겠습니다. 저희는 여기, 우측으로 빠지겠습니다."

"나는 뒤로 빠지지, 뭐."

"그럼 저는 좌측으로 빠지지요."

염악종과 당기철이 이어 말하자, 그들을 따라 백랑사단의 무인들이 자연스럽게 세 갈래로 나뉘었다.

"가자."

"자, 잠깐만요! 소가주는 이대로 혼자 보내는 겁니까? 다른 곳도 아니고 삼대도를 혼자 가겠다고 하는데……."

그 물음에 백리혼이 뒤도 돌아보지 않고 말했다.

"차라리 삼대도가 멸문당하지 않기를 걱정해라."

"예?"

휘둥그레 눈을 뜨며 되물은 그는 더 이상 물을 수 없었다. 먼 지구름을 뚫고 안으로 들이닥치는 북쪽 땅의 무인들이 있었기 때문이다.

이미 일찌감치 뒤로 빠진 염악종은 뒤에 누가 따라오든 말든 자신만 신이 나서, 덤벼드는 북쪽 땅의 무인들을 주먹으로 마구

패고 있었다.

"크하하하! 빨리빨리 덤비지 않고 뭐 하냐?"

그 무자비한 주먹질에 북쪽 땅의 무인들이 잠시 다가서지 못
하고 주춤거렸다. 그리고 그때, 그를 따라온 백리단야가 염악종
의 등 뒤에 바짝 붙으며 말했다.

"형님, 지금 여기서 싸우는 것보다 뒤로 내빼면서 싸우는 게
어떻겠습니까? 이대로 있으면 북쪽 땅의 무인들이 금세 몰려들
겁니다. 움직여야 합니다."

"쩝."

평소 같았으면 들은 척도 안 했겠지만, 그동안 자신이 가르
쳐 온 백랑사단의 무인들에게 눈곱만큼의 정은 있어서 결국 그
는 움직이기로 마음먹었다.

"어디로 가야 하지?"

"그냥 이대로 쭉 가는 것도 나쁘지 않습니다. 각자 흩어진 방
향과 다른 방향이니, 북쪽 땅의 무인들의 시선을 흩뜨릴 수 있
을 것 같습니다."

"그래?"

뒷머리를 벅벅 긁던 염악종이 귀찮다는 듯이 몸을 날리려다
가 갑자기 뒤돌아 물었다.

"그런데 그냥 가기만 하냐?"

"음. 저쪽으로 가면 사소도 중 하나인 청월도가 있긴 합니다
만."

"그래? 그럼 그리로 가지."

"그러려면 여기저기 꼬인 날파리들을 다 쳐 내고 가야 합니다."

"듣던 중 반가운 소리군."

염악종이 씩 웃으며 가장 가까이에 있는 한 사람을 들이박았다.

퍼억!

한 줄기 빛살처럼 튕겨져 나간 그는 반대쪽 건물에 처박혔다.

꿀꺽.

그에 사방에서 침 넘어가는 소리가 들렸으며, 모두들 주춤거리는 게 느껴졌다. 염악종이 몸으로 들이박을 때, 공기를 떨어 울렸던 기의 파동을 느낀 탓이다. 자신들로서는 어찌할 수 없는 무지막지한 힘의 울림을 말이다.

"가자!"

염악종이 백리운이 향했던 방향과 반대쪽으로 몸을 날리자, 그를 따라온 십여 명의 백랑사단 무인들도 신형을 날렸다. 그와 동시에 주변을 둘러싼 북쪽 땅의 무인들이 똑같이 움직이며 그들을 따랐다.

그렇게 꽤 오랫동안 가던 중에 백리단야가 슬쩍 뒤돌아 아까보다 더 불어난 북쪽 땅의 무인들을 보고 인상을 찌푸렸다.

"이대로 몰고 다니는 것은 위험합니다, 형님. 청월도에 도착하기 전에 다 떨궈야 합니다."

"그러지, 뭐."

덤덤히 대답한 염악종이 잘 밟던 지붕을 박차고 땅으로 신형을 날렸다. 그의 갑작스런 방향 전환에 놀란 백랑사단의 무인들도 허겁지겁 몸을 날려 땅에 착지했다.

"뭐, 뭐지?"

그들을 뒤쫓던 북쪽 땅의 무인들이 잠시 당황했지만, 시야에서 사라진 그들을 다시 잡기 위해 경공술의 속도를 단박에 끌어올렸다.

쾅!

지붕을 헤집고 튀어 오른 그들의 신형이 새 떼처럼 하늘을 뒤덮고 염악종과 백랑사단의 무인들이 사라진 방향으로 날아들었다.

그리고 그때, 북쪽 땅의 무인들 얼굴이 핼쑥해졌다.

"……!"

"크ㅎㅎ!"

그 아래에서 염악종과 백랑사단의 무인들이 기세등등한 표정으로 기다리고 있었기 때문이다.

"한 명도 남기지 마라!"

염악종의 전신에서 검은 연기가 부스스 일어나더니, 그의 양손으로 몰여들었다.

우웅!

공간을 일그러트리는 극강의 기운!

그 기운이 머금고 있는 서슬 퍼런 검은 연기가 염악종의 손을 따라 일직선으로 치솟았다.

고오오오!

몸속에서부터 있는 힘껏 끌어올린 흑철마공의 기운을 한데 모아 발산하는 것인 만큼, 주변의 대기가 요동치는 것은 물론, 심하게는 공간이 왜곡된 것처럼 꿀렁거리기까지 했다.

실로 어마어마한 기운이 용오름을 하듯 염악종의 머리 위로 뻗어 나왔다.

콰콰콰콰콰쾅!

공중에 떠 있던 북쪽 땅의 수많은 무인들이 태풍에 휩쓸린 것처럼 순식간에 사방으로 튕겨져 나갔다. 그 많은 인원이 이 기운에 휩쓸려 모조리 날아간 것이다.

그 기운이 뻗친 공간에 존재하는 사람은 아무도 없었고, 대기는 바람 한 점 불지 않는 것처럼 잠잠했다.

백리세가의 패도를 뛰어넘는 무쌍(無雙)의 힘!

그것이 묵천마교 무공의 진면목이기도 했다.

"이, 이럴 수가……."

순식간에 하늘이 텅 빈 걸 보고는 백리단야가 입을 쩍 벌렸다. 그는 지금 눈앞에서 벌어진 이 상황을 믿을 수 없었다.

"어, 어찌 이런 무공이……."

그뿐만 아니라 백랑사단의 다른 무인들까지도 혼이 나간 것처럼 그 자리에서 꼼짝 못하고 멍하니 바라보기만 했다.

쑤으으으.

염악종의 전신에서 검은 연기가 가라앉으며 모두를 압도했던 묵천마교의 힘이 그의 몸속으로 들어갔다.

"후우."

길게 호흡을 내뱉으며 흑철마공의 기운을 진정시킨 염악종은 자신을 부릅뜬 눈으로 바라보는 백랑사단의 무인들을 보며 고개를 갸우뚱거렸다.

"뭘 그리 보고 있냐?"

"지금 그 무공… 그거 도대체 뭡니까? 세상에 그런 무공이 존재합니까?"

염악종이 혀를 차며 고개를 절레절레 흔들었다.

"쯧쯧쯧. 겨우 이 정도로 놀라는 것이냐?"

"겨우 그 정도라니……."

백랑사단의 무인들은 아직도 멍한 눈길로 정신을 차리지 못하고 있었다.

＊　＊　＊

한편, 당기철과 그를 따른 백랑사단의 무인들은 진즉에 지붕에서 내려와 골목길로 접어들었다. 그리고 당기철은 골목길에서 최대한 안쪽까지 빠졌고, 백랑사단의 무인들은 그 주변을 둘러샀다.

그중 당기철에게 바짝 붙은 백리태가 그에게 슬쩍 물었다.

"어떻게 할까요? 죽여도 됩니까?"

"필요하면 죽여야지. 소가주가 있으면 모를까, 없는 상황에서 괜히 여유를 부리다간 우리만 죽어 나갈 수 있다."

"알겠습니다."

그때, 뒤따라오던 북쪽 땅의 무인들이 골목길 입구로 들어섰다.

"여기 있다!"

그 외침을 듣고 주변에 퍼져 있던 북쪽 땅의 무인들이 순식간에 그 골목길로 모여들기 시작했다.

그리고 바로 그 순간, 골목길 안쪽에 몸을 파묻은 당기철이 두 손을 한 차례 빠르게 털었다.

쾅!

요란한 소리와 함께 날아간 두 자루의 비도.

손바닥 크기의 그 두 자루의 비도는 풍차처럼 빙글빙글 회전하며 바깥쪽으로 크게 호선을 그리듯 날아갔다.

그런데 그 속도가 느리진 않았으나, 그렇다고 당가의 가주가 날릴 법한 암기로 보기에는 무리가 있었다. 육안으로 좇을 수 있었기 때문이다.

"음?"

그에 북쪽 땅의 무인들은 그 두 자루의 비도를 피하는 대신 반대쪽으로 쳐 내려고 손을 휘둘렀다.

그 순간…….

쾅!

비도에 담긴 힘을 감당하지 못하고 손을 뻗었던 사람의 팔 전체가 뒤로 꺾였다.

"끄아악!"

먼저 다가온 비도가 그런 위력을 보이자, 다들 다른 한 자루의 비도를 피해 뒤로 물러섰다.

쾅!

땅바닥에 박힌 비도 주위가 운석이라도 떨어진 것처럼 움푹 파였다.

"주, 중절비(重絶比)……."

누군가 그 암기술을 알아보고 더듬거리자, 주변에 있던 북쪽 땅 무인들의 얼굴이 새하얗게 질렸다.

당가의 무인만이 펼칠 수 있는 암기술 중 하나인 중절비.

그걸 펼쳤다는 것은 최소한 저 사람이 당가의 무인이라는 뜻이고, 이 정도 경지에 이른 중절비라면 당가에서도 손에 꼽는 고수라는 뜻일 터.

어느 누가 손속이 악독하다고 소문난 당가를 상대로 섣불리 달려들 수 있겠나? 그런 그들의 의중을 눈치챘는지 백리태가 인상을 일그러뜨렸다.

"이것들이 우리들은 보이지 않나……."

"그러게. 열 받네, 이거."

백리태에 이어 백리웅까지 앞으로 나서며 기세를 키웠다.

우우우.

안 그래도 덩치가 큰 백리웅이 기세까지 발산시키자 그 좁은 골목길이 더 좁게 느껴졌다. 그만큼 백리웅의 존재감이 으뜸으로 떠오른 것이다.

"백랑사단의 백리웅이라고 한다. 내 이름을 기억했다가 반드시 세상에 알리도록."

그가 두 주먹을 말아 쥐며 다리를 번쩍 들어 올렸다.

쾅!

그대로 땅바닥에 발을 찍는 순간, 땅바닥이 헤집고 일어남과 동시에 그의 몸이 고양이처럼 가볍게 퉁 튀어 올랐다.

그 커다란 몸집이 무시무시한 속도로 떠오르더니, 포물선을 그리며 앞으로 부드럽게 떨어져 내렸다. 그런데 그 부드러움 속에서 백리웅이 손을 치켜들자, 그 손을 타고 무거운 장력이 쏟아져 나왔다.

허공을 박박 긁는 거친 기세!

여러 줄기로 내뻗은 여러 개의 장력이 북쪽 땅의 무인들을 덮쳐 갔다.

콰콰콰콰쾅!

폭음과 동시에 땅바닥에서 먼지가 일어났고, 그 먼지 위로 수많은 무인들이 떠올랐다. 하지만 미처 피하지 못한 무인들은 그 먼지 속에서 완전히 뒤집어진 땅거죽과 함께 땅바닥을 나뒹굴었다.

그렇다고 공중으로 피한 무인들이 안전한 것은 아니었다.

파파파파팟!

골목길 안쪽에서 쏘아진 수십 자루의 비도가 그들의 발밑에서 섬뜩한 날을 번뜩이고 있었고, 정면에는 체공 중인 백리웅이 궁신탄영의 수법으로 몸을 튕겨 날아들고 있었다.

"피해라!"

공중으로 떠오른 북쪽 땅의 무인들이 제각각 전 방위로 몸을 날렸다.

그런데 그들의 앞으로 백랑사단의 무인들이 백색 장포 자락을 휘날리며 불쑥 나타났다.

"어딜 도망가려고?"

씩 웃은 백리태가 창처럼 팔을 길게 찔러 넣으며 손 그림자를 허공에 일으켰다. 그리고 같은 곳을 향해 연달아 팔을 내질러 똑같은 손 그림자를 한데 모았다.

그렇게 모이고 모인 손 그림자가 백리태의 손을 따라 정면에 있는 한 무인의 가슴팍을 가격했다.

퍼억!

가슴뼈가 철퇴에 맞아 으스러진 것처럼 함몰되었고, 그 자리에 선명한 손 모양이 남았다.

상당한 경지에 이른 풍도백아수(風道白峨手)였다.

본래는 흰 손을 쏟아 내야 하건만, 백리운이 변형시킨 덕에 지금처럼 완전히 모습이 달라졌다. 그러나 위력은 비교할 수 없을 만큼 더 세졌다.

풍도백아수에 가격당한 무인은 북쪽 땅에서 제법 명성이 있는 무인이건만, 그 일격에 의식을 잃고 온몸을 축 늘어뜨리며 땅바닥으로 힘없이 떨어졌다.

"후우. 이리 강할 줄은 몰랐군. 조금만 더 힘 조절을 해야 하나?"

백리태 자신마저 놀란 듯 그는 북쪽 땅의 다른 무인들을 앞두고 잠시 한눈을 팔았다.

"피, 피해라! 백리세가 놈들이다!"

그때를 노리고 반대편으로 몸을 날리는 무인들.

그러나 여전히 시선을 내리고 있는 백리태는 쳐다보지도 않고 그들을 향해 손만 뻗었다.

퍼퍼퍼퍼펑!

순식간에 쏟아져 나온 여러 줄기의 경풍이 곧 풍아기가 되어 부채꼴로 좍 퍼졌다.

퍼퍼퍼퍽!

그에게서 등을 돌린 북쪽 땅의 무인들은 그 맹렬한 풍아기에 적중되어 낙엽처럼 팔랑이며 공중에서 떨어졌다.

"흐음."

자신의 몫은 대충 해낸 것 같아 백리태는 다른 곳으로 시선을 두었다. 그에 질세라 때마침 북쪽 땅의 무인들이 우수수 나가떨어졌다.

"나만 강해진 건 아니군."

백리태가 묘한 표정을 지으며 다른 이들과 함께 땅바닥에 착지했다. 그러자 그의 앞으로 당기철이 다가와 땅바닥에 나뒹구는 북쪽 땅의 무인들을 검지로 툭툭 건드리고 다녔다.

이 소란을 듣고 달려온 다른 무인들에게 자신들의 위치를 말해 주지 못하게 방지하는 것이었다.

"대충 정리를 끝낸 것 같군."

당기철은 손을 털며 일어났다. 하지만 그다지 멀지 않은 곳에서 빠른 속도로 다가오고 있는 수많은 기척들을 느끼고 안색을 굳혔다.

"계속 움직이지."

"어디로 갑니까?"

몸을 날리려던 당기철이 뒤돌아 백리태를 보며 말했다.

"이쪽으로 가면 흑월도가 있다. 그곳이나 한번 가 볼까? 아니면 그냥 주변에 몸을 숨기든지."

"흑월도로 가시죠."

"괜찮겠느냐? 적월도를 상대할 때는 백랑사단의 무인들이 모두 모여 있었고, 뿐만 아니라 백리혼 대협과 염악종까지 같이 있었다. 그런데 지금은 교관은 나뿐이고, 너희들도 인원수가 삼분지 일로 줄었다."

백리태가 별거 아니라는 듯 어깨를 으쓱였다.

"뭐, 적월도 때는 우리도 우리의 힘이 익숙지가 않아서 바보처럼 굴었던 거지, 힘이 밀렸던 건 아니니까요. 이제는 다들 자신들에게 적응한 것 같은데, 이 정도면 충분히 해볼 만한 것 같습니다."

옆에서 가만히 듣기만 하던 백리웅도 거들었다.

"맞습니다. 소가주께선 홀로 삼대도를 치러 가셨는데, 우리가 숨어 있는 게 말이 됩니까?"

그들의 기개에 자극을 받았는지, 굳어 있던 당기철의 얼굴이 싹 풀리며 옅은 미소가 떠올랐다.

"흑월도로 가자꾸나."

＊　　＊　　＊

검을 빼 들고 지붕 위를 터벅터벅 걷는 백리혼은 무심한 눈빛을 뿌리며 앞으로 나아가다가 지붕 아래에서 북쪽 땅의 무인들이 튀어 오르면 곧장 그곳을 향해 검을 휘둘렀다.

스웅!

낮게 으르렁거리는 검의 울음소리가 들리면 밤하늘을 가르는 희끗한 빛줄기가 나타나 북쪽 땅 무인의 몸을 갈랐다.

반으로 갈리든 팔이 잘리든, 아니면 그나마 귀만 잘리든, 그것은 얼마나 더 빠른 속도로 튀어 올랐느냐에 따라 달라졌다.

강한 자에게는 강한 공격을, 약한 자에게는 약한 공격을.

그것이 그 나름대로의 자비를 베푸는 것이었다.

저벅저벅.

여전히 뛰지 않고 조용히 걷는 백리혼은 북쪽 땅의 무인들이 지붕에 올라오자마자 쳐 내서 그의 주변은 굉장히 고요했다. 그를 따라온 열 명 남짓한 백랑사단의 무인들도 뒤에서 조용히 따라가기만 할 뿐, 다른 곳과 달리 손을 쓸 기회가 오지 않았다.

가만히 걷던 백리혼이 돌연 걸음을 멈추고 입을 열었다.

"이대로 가면 백월도가 있는 곳이다. 나는 그리로 갈 터이니, 너희들은 흩어지지 말고 이곳에 있어라."

"저희도 가겠습니다!"

그의 손자인 백리연이 그리 말하자 다른 이들도 동의하는 듯 한 마디씩 거들었다.

"따라가게 해 주십시오. 이러려고 훈련받은 것 아니겠습니까?"

"맞습니다. 저희도 가겠습니다."

그에 여전히 앞만 바라보던 백리혼이 고개만 살짝 틀며 물었다.

"적월도에 있을 때와 달리, 너희들을 지키면서까지 백월도를 상대할 여력이 없다. 그렇다고 다른 교관들이 있는 것도 아니고……. 그래도 따라올 것이냐?"

백리연이 씩 웃었다.

"당연한 거 아니겠습니까? 우리 백랑사단이 아니면 누가 백월도를 상대하겠습니까?"

그 말에 백리혼이 다시 앞을 보며 조용히 읊조렸다.

"그럼 가지."

스슥!

발을 뻗은 백리혼의 신형이 앞으로 퉁 튕겨져 나갔다. 그리고 그의 뒤로 비조처럼 백색 장포를 펄럭이며 열 명 남짓한 백랑사단의 무인들이 따라붙었다.

백색의 초승달이 선명하게 박혀 있는 담장.

그 담장 중심에 떡하니 버티고 서 있는 대문 앞에서 눈을 부라리고 있는 문지기 무사들이 있었다.

그들 앞에 나타난 백리혼은 그들이 놀라 눈을 부릅뜬 순간 손을 뻗어 아혈을 눌러 말을 못하게 한 다음, 명치를 가격해 기절시켰다.

백리혼은 백리세가 내에서도 손에 꼽히는 무력을 가졌다. 그런 그를 일개 문지기들이 막을 리 없었다.

털썩.

문지기 무사들이 쓰러지자, 백리혼은 최대한 조용히 대문을 열었다.

"……."

대문 여는 소리도 나지 않아 고요했다.

백리혼은 백랑사단 무인들과 함께 안으로 들어갔다.

그때, 대문 앞에서 서성이던 한 무인이 그들을 보고 고개를 갸웃거렸다.

"응? 뉘시오?"

백리혼은 대답 대신 검을 들지 않은 손을 뻗어 그의 명치를 꾹 눌렀다.

털썩.

이번에도 손쉽게 몸이 무너진 그는 그대로 땅바닥에서 의식을 잃었다.

그러나 그는 문제가 아니었다. 문제는 그의 뒤에서 소란을 듣고 분주히 나갈 채비를 하던 백월도의 무인들이 모두 모여 있는 곳으로 당당히 들어섰다는 것이다.

그 앞마당을 꽉 채울 만큼 많은 인원이 오와 열을 맞추고 서 있다가 느닷없이 들이닥친 백리혼과 백랑사단의 무인들을 보고 일제히 고개를 돌렸다.

그리고 그들의 선봉에 선 백월도의 주인, 장학결도 눈을 부리부리하게 뜨며 백리혼을 노려봤다.

"누구냐? 네놈들은……."

가만히 백리혼의 얼굴을 들여다보던 장학결이 한쪽 눈썹을 심하게 꿈틀거렸다.

"이게 누구신가? 백리혼 선배가 아닌가? 그리고 쟤들은……."

장학결의 눈이 빠르게 위아래로 움직였다.

"설마, 쟤들 백랑사단이오? 저 어린애들을 데리고 지금 내 백월도를 상대하겠다고 쳐들어온 것이오?"

그 말에 힘을 실어 주려는 듯 그의 앞에 모여 있는 백월도의 무인들이 하나같이 진득한 살기를 풍기며 백리혼을 노려봤다.

하지만 그 모든 시선과 그 모든 살기를 마주한 백리혼은 평온한 표정과 함께 조용히 입을 열었다.

"여기에 너희들을 지켜 줄 소가주는 없다. 그러니 이들을 얼마든지 죽여도 좋다. 내가 허락한다."

그 말은 백월도의 무인들이 아닌 자신의 뒤에 있는 백랑사단의 무인들에게 한 말이었다. 그런데 정작 반응은 그의 앞에 있는 장학결이 했다.

"허허! 지금 진짜로 해보겠다는 거요? 설마 지금 이 밖에서 나는 소란도 당신네들이 일으킨 것이오?"

"그런 셈이지."

"도대체 무슨 깡으로? 백랑사단이 과거에나 명성을 떨쳤지, 지금은 오합지졸을 모아 놓고 백랑사단이란 이름만 갖다 붙인 것 같은데. 아무리 백리세가라지만, 저런 어린애들로 뭘 하겠다고."

"저들이 뭘 할지는 자네가 직접 보게나."

그 말을 들은 장학결이 피식 웃으며 손을 휘휘 저었다. 그러자 그 손짓을 따라 백월도의 무인들이 넓게 퍼지며 특정한 진식을 갖추려 했다.

하지만 백랑사단의 무인들이 그걸 순순히 보고 있을 리 없었다.

타타타타탓!

백리혼의 뒤에 있던 열 명 남짓한 백랑사단의 무인들이 동시다발적으로 몸을 띄웠다. 그리고 그중에서 가장 높이 치솟은 백리연이 금세 검을 뽑아 들어 땅에 있는 백월도의 무인들을 향해 검기를 쏟아부었다.

쒸앙!

검에서 일어난 맹렬한 검풍(劍風)이 다발적으로 쏟아져 나온 검기와 뒤섞여 무서운 속도로 떨어져 내렸다.

콰콰콰콰콰쾅!

그에 백월도의 무인들이 그 공세를 막느라 더 이상 움직이지 못하고 그 자리에서 요동치는 바람에 휩쓸린 검기 다발을 쳐 냈다.

차앙!

그때, 장학결이 등에 지고 있던 백색의 도를 꺼냈다.

적월도의 것이 그랬던 것처럼 얇고 긴 도였다.

그것은 사소도 무인들이 갖는 무기의 특징이기도 했고, 그래서 사소도라고 불리기도 한 것이다.

"이놈이……."

장학결이 눈썹을 날카롭게 세우며 백리연을 향해 검을 치켜들었다.

"음?"

그런데 그 검이 향한 곳에 있어야 할 백리연은 이미 공중에서 내려오는 중이었고, 그 자리에는 장포 자락을 크게 펼친 백랑사단의 다른 무인들이 떠올라 있었다.

콰앙!

그때, 백월도 무인들의 한가운데로 착지한 백리연이 검을 뽑아 들고 씩 웃었다.

"과거, 백랑사단의 일원이었던 우리의 선조들은 전장을 거침없이 누비고 다녔다지."

그 말과 동시에 백리연이 검을 들지 않은 좌수를 들어 공령신수를 펼쳤다.

마구 일어난 손 그림자가 소용돌이치듯 와선 모양으로 회전하며 전방을 쓸어 갔다.

파파파파팟!

대기를 종잇장처럼 벨만큼 검처럼 날카롭고 예리했다.

그래서 백월도의 무인들은 그걸 피하는 대신 막는 걸 택했다. 보통 이 정도로 섬세하게 움직이는 초식엔 무게가 실리지 않기 때문이다.

그러나 그것은 아주 커다란 실수였다.

퍼퍼퍼퍼퍽!

백월도의 무인들이 해일에 휩쓸린 것처럼 전방으로 쭉 뻗어 나온 손 그림자에 휩쓸려 걸레짝처럼 뒤로 튕겨져 나가 대자로 쓰러졌다. 그렇다고 그들이 의식을 잃은 것은 아닌 듯 곧장 몸을 일으켰다.

부르르.

일어선 그들의 손이 희미하게 떨리고 있었다. 그 손으로 백리연의 공령신수를 막은 탓이다.

"우리도 거침없이 누벼 주지."

그사이 백랑사단의 다른 무인들도 백월도의 무인들이 포진해 있는 사이로 무사히 착지했다. 다른 사람이 보면 절대 이해하지 못할 행동이었다.

자기들 스스로 적진으로 뛰어들다니?

그것도 사방에 적으로 둘러싸인 곳으로 말이다.

"애송이들이 기개만 있고 겁은 없구나. 지금 네놈들의 행동이 얼마나 미련한 짓이었는지 내 직접 알려 주마!"

장학결이 큼지막하게 도를 휘둘러 강력한 도기(刀氣)를 줄기차게 쏟아 냈다.

까가강!

대기를 베고 백리연의 머리를 무참히 찍어 버리려는 도의 기운!

그러나 그 도기가 반쯤 내려오기도 전에 어디선가 강렬한 권풍이 일어나 그 도기를 두들겼다.

까깡!

허공에서 폭죽처럼 터져 버린 도기!

그에 놀란 장학결이 느닷없이 권풍이 날아온 곳을 향해 고개를 틀었다.

그곳에는 현재 백랑사단의 무인들 중에서 가장 강하다고 여겨지는 백리추가 올곧은 자세로 서 있었다.

"이 정도면 해볼 만한 것 같소?"

그가 덤덤히 내뱉은 말에 장학결의 얼굴이 붉으락푸르락 달아올랐다.

"겨우 그거 하나 막았다고 기고만장하구나!"

"걱정 마시오. 나의 기고만장은 끝을 모르니, 앞으로 더 볼 일이 있을 것이오."

백리추는 그 말을 내뱉음과 동시에 뒤돌며 다리를 쭉 뻗었다.

퍼억!

뒤에서 몰려 달려들던 백월도 무인의 어깨로 그의 각법이 적중하자, 백월도 무인의 신형이 뒤로 크게 휘청거렸다. 하지만 백리추는 그때를 놓치지 않고 곧장 달려들어 그의 복부를 향해 다시 한 번 다리를 뻗었다.

픽!

번개처럼 꽂히는 각법!

그에 백월도 무인은 새우등처럼 구부린 자세로 퉁 튕겨져 나갔다.

하지만 백리추는 그를 보지도 않고 곧바로 좌측에서 달려드는 백월도 무인의 어깨를 잡아 힘으로 내리눌렀다.

쾅!

땅바닥에 처박힌 백월도의 무인.

그는 끝까지 어깨를 누르고 있는 백리추의 손 때문에 땅바닥에 얼굴을 파묻고도 일어설 수 없었다.

꾹.

손을 떼자 이번에는 발로 그의 등을 밟은 백리추는 아예 그의 등에 올라서며 다른 무인에게 달려들려고 했다.

그런데 어느새 백월도 무인들이 진세를 갖춘 듯 일정 대열을 맞추고 자신을 둘러싸고 있는 게 아닌가?

"이런."

확실히 기세부터 달라졌고, 이전과는 다르게 파고들 구석도 보이지 않았다. 그뿐만 아니라 백랑사단의 다른 무인들 역시 주변을 둘러싼 백월도 무인들이 진세를 갖추자 주춤거리는 모습을 보였다.

그만큼 진세를 이룬 백월도 무인들의 모습은 드높은 벽처럼 단단하게 느껴졌다.

"흐음."

그들을 바라보는 백리추는 자꾸 옆에서 쿡쿡 찌르는 것처럼 건드리는 강렬한 기운에 연신 곁눈질로 그곳을 흘겨봤다. 화가 난 장학결이 기세를 우락부락 키우고 있었다.

눈앞에 있는 백월도의 무인들만 해도 충분히 압박이 되었는데, 옆에서 장학결까지 그러니 여간 신경 쓰이는 게 아니었다.

조용히 흐르는 긴장감이 사위를 짓누를 것 같았다.

"후우."

백리추가 호흡을 내뱉으며 동요하는 마음을 가라앉혔다.

꾹.

백리추가 슬쩍 발꿈치를 세우며 발 앞부분을 땅에 파묻었다.

퍼억!

그대로 땅을 헤집으며 발을 차올리자, 발등에 올라와 있던 흙더미가 공중에 안개처럼 퍼지며 백월도 무인들을 덮쳐 갔다.

"이런, 미친⋯⋯."

백리세가의 무인이, 그것도 백랑사단이라는 이름을 내건 자가 이런 치졸한 수를 쓰리라고는 전혀 예상도 하지 못했다.

그래서 백월도의 무인들은 욕지거리를 내뱉으며 흙더미를 쳐 냈건만, 백리추가 달려들기는커녕 연신 땅바닥에 발만 내려찍는 것이 아닌가?

"제기랄!"

계속해서 날아드는 흙더미 때문에 눈을 제대로 뜰 수가 없었다. 눈앞에 아른거리는 흙더미를 후려치면 흙더미를 이룬 자잘한 흙 알갱이들이 사방으로 튀어 눈까지 찔렀다.

하지만 그중 손짓으로 바람을 일으켜 흙을 날려 버리는 사람도 있었다. 하지만 그걸 백리추가 가만히 놔둘 리 없었다.

퍼엉!

허공을 격하는 백리추의 손이 대기를 쳐 내며 거친 바람을 쏘아 냈다. 그리고 그 바람은 백월도 무인들이 일으킨 바람과 그 바람에 휘돌고 있는 흙더미를 휩쓸고 백월도 무인의 얼굴을 덮쳤다.

"크악! 퉤퉤!"

눈뿐만 아니라 코와 입에까지 흙이 들어간 무인은 연신 침을 뱉고 콧바람을 내뱉으며 흙을 털어 냈다.

하지만 그뿐이었다.

그 이상 피해를 줄 수 없건만, 백리추는 그런 식으로 계속 흙더미를 던지고 있었다.

"이 개 같은……!"

그때, 한 사람이 참지 못하고 이를 악문 채 달려들었다. 마치 짐승이 으르렁거리듯이 콧김을 씩씩 내뱉은 그는 백리추를 향해 힘껏 도를 휘둘렀다.

그제야 백리추도 흙을 던지는 것을 그만두고 성큼 앞으로 나아가 그의 품으로 파고들었다.

콰득!

숨결이 느껴질 만큼 가까이 파고든 백리추가 그의 허리춤과 도를 쥐고 있는 손목을 콱 움켜쥐었다. 그와 동시에 번개처럼 그를 머리 위로 번쩍 들어 올린 후 그대로 땅바닥에 내리꽂았다.

콰앙!

지축이 살짝 흔들리는 듯했다.

그리고 땅에 등이 처박힌 그는 다 죽어 가는 신음소리만 내뱉으며 꿈쩍도 하지 못했다. 척추부터 떨어진 탓에 일시적으로 몸 전체에 마비가 온 것이다.

그때, 백리추가 그의 손을 차올리자 그가 쥐고 있던 도가 눈앞에까지 떠올랐다.

턱.

그 도를 잡은 백리추는 한 차례 씩 웃더니, 바위를 던지는 것처럼 힘껏 팔을 휘둘렀다.

핑구르르!

그의 손을 떠난 도가 풍차처럼 회전하며 앞 공간을 베어 갔다.

한눈에 보기에도 그 도에 실린 힘은 웅혼해 보였다.

같은 도로 막는다면 필시 손아귀가 찢어질 터.

백월도의 무인들은 그 도를 피해 양옆으로 쫙 갈라졌다.

혹혹혹!

도가 지나간 자리에 묵직한 풍압이 생길 정도로 힘이 실려 있었다. 그에 다들 피해서 다행이라는 표정을 짓고 있을 때였다.

퍼억!

바로 옆에서 둔탁한 타격음과 동시에 실이 끊어진 연처럼 눈부신 속도로 튕겨져 나가는 백월도의 무인이 있었다. 그리고 그와 한 걸음도 되지 않을 정도로 가까운 거리에 백리추가 서 있었다.

도를 피하면서 진세가 흐트러진 틈을 노리고 달려든 것이다.

뒤이어 백리추가 체중을 실어 몸통으로 들이박았다.

쾅!

그 앞에 있던 한 무인이 대자로 뻗으며 뒤로 미끄러졌다.

그 때문에 뒤에 있던 사람들까지 뒤엉켜 자세가 흐트러졌고, 그들에게까지 연달아 백리추의 공세가 이어졌다. 한번 잡은 흐름을 놓치지 않기 위해 그들을 계속해서 밀어붙이는 것이었다.

까가가강!

한 번의 주먹으로 좌우에서 날아드는 네 자루의 도를 쳐 낸 백리추가 신형을 쑥 앞으로 밀어 넣으며 아직도 뒤엉켜 있는 무인들에게 바짝 붙었다. 그리고 두 손을 활짝 펴 위아래로 나란히 세운 다음 그 뒤엉켜 있는 무인들의 몸에 갖다 댔다.

그리고 찾아온 정적.

잔잔하던 대기가 용암이 들끓듯 요동치기 시작하더니, 삽시간에 끓어올랐다.

쑤우우우!

호흡 한 번 내뱉을 시간.

그 시간이 지나고 백리추의 몸에서 폭발적으로 거센 기운이 두 손을 타고 흘러나왔다.

퍼엉!

한 차례 대기를 강하게 떨어 울리는 기의 파동!

동심원처럼 퍼지는 기파의 끝에서 고리처럼 엉켜 있던 무인 들이 걸레짝처럼 튕겨지며 제각각 떨어져나갔다.

백리세가 무공 중 하나인 발공타산(發功打山)으로, 태산과도 같은 거중유의 기운을 발산하는 상승 장법이었다.

정말 태산으로 맞은 것처럼, 엉켜 있던 자들뿐만 아니라 그 들 주변에 있던 자들까지 휩쓸려 떠밀렸다.

한바탕 태풍이라도 몰아친 것처럼 발공타산의 기운이 적중 한 곳 주변은 텅 비어 있었다.

그것은 위력만 봐도 엄청난 내공을 소모하는 것임을 알 수 있었다.

보통 이런 다수를 상대로 펼치기에는 좋지 않을 수 있으나, 진세를 다시 갖추는 걸 막기 위해선 최선의 방법이었다.

"후우."

길게 숨을 내뱉는 백리추의 이마에 식은땀이 송골송골 맺혔 다. 멀찌감치 떨어진 곳에서 그 광경을 보던 백리후가 고개를 절레절레 흔들었다.

"진짜 저놈은 따라갈 수가 없다니까. 익히기도 힘든 저 무공 을 언제 저렇게 수련했대."

비단 놀란 것은 그뿐만이 아니었다. 백월도의 무인들을 비롯

한 장학결도 뜨악한 표정으로 잠시 멍하니 바라봤다.

'어떻게 저런 무공을……'

그 순간, 장학결은 백랑사단의 이름이 뇌리에 콕 박혔다.

'이대로 가다간 전의를 상실하겠다.'

다들 주춤거리는 걸 보고 장학결은 신형을 날려 백리추를 향해 도를 휘둘렀다.

태산을 가르기라도 할 것처럼 무시무시한 속도로 내리꽂히는 거대한 도의 기운!

그 도기는 그대로 백리추의 몸을 반으로 쪼갤 것만 같았다.

쐐애애액!

그 순간, 백리추의 뒤편에서 눈부신 속도로 허공을 꿰뚫는 검광(劍光)이 섬전처럼 번뜩이며 나타나더니 그대로 장학결의 도를 들이박았다.

차앙!

뇌명처럼 단 한 번의 음향이 터지며, 이전과는 비교도 할 수 없는 어마어마한 기파(氣波)가 일어나 반경 오 장을 휩쓸었다.

파파파팡!

그 기파에 밀려난 백월도의 무인들과 백리추는 기파가 가라앉자마자 그곳을 바라봤다.

그런데 기파가 시작됐던 곳에는 주인 없는 검이 홀로 공중에 떠 있었다. 그로부터 오 장 뒤로 밀려난 장학결이 파르르 떨리는 손으로 자신의 도를 꾹 쥐고 있었다. 그때, 그의 눈빛은 불길이라도 타오르는 것처럼 이글거렸다.

그리고 혼자 허공에 떠 있는 한 자루의 검.

그것이 백리혼의 것임을 알아챈 백리추는 입을 쩍 벌렸다.

"이기어검술?"

웅혼한 잠력을 쏟아내며 홀로 떠 있는 검.

그 검을 향해 한 마리의 고고한 학처럼 날아든 백리혼이 그 검 아래 착지하며 손을 앞으로 뻗었다. 그러자 허공에 떠 있던 검이 그의 손을 따라 쏜살처럼 쏘아지는 게 아닌가?

쐐애애액!

겉보기에만 단순한 검이었지, 그 안에 담긴 묘리나 힘은 절대로 장학결이 막을 만한 수준이 아니었다.

타앗!

결국 허공으로 몸을 띄운 장학결의 발밑으로 그 검이 질풍처럼 지나갔다.

문제는 그 검이 장학결의 뒤에 있던 백월도의 무인들에게 적중했다는 것이다.

콰앙!

검에 실린 잠력이 폭발하며 일시에 여러 명이 너덜너덜해진 모습으로 나가떨어졌다.

그리고 한 차례 힘을 쏟아 낸 검은 잠시 허공에서 휘청이는 듯했으나, 백리혼의 손짓에 다시 무시무시한 속도로 되돌아갔다.

턱.

그 검을 잡은 백리혼이 틈을 주지 않고 곧장 달려들며 장학결의 사방을 쓸어 갔다.

채채채채챙!

질풍처럼 쏟아지는 검기들이 삽시간에 장학결의 주변을 휩쓸었다.

그는 힘겹게 그 검기들을 쳐 냈지만 그뿐이었다. 하나를 쳐내면 두 가닥의 검기가 그 자리를 채웠다.

'제길!'

이를 악문 장학결은 어떻게 해서든 이 공세에서 벗어나려고 발을 정신없이 움직였지만 그보다 더 빨리 도착한 검기 때문에 일정 범위 밖으로 몸을 뺄 수 없었다.

차차창!

아무리 쳐 내도 금방 다시 살아나는 검기 때문에 꼭 뇌옥에 갇히기라도 한 것처럼 꼼짝도 할 수가 없었다. 그것은 백리혼이 의도한 바이기도 했다. 이를 묶어 놔야 백랑사단의 무인들이 한결 편하게 움직일 수 있었던 까닭이다.

그리고 그의 생각이 옳았다.

백월도처럼 유기적으로 움직이는 조직에서 구심점이 사라지면 제각각 흩어지기 마련.

역시나 이번에도 백월도 무인들이 이룬 진세가 파도처럼 크게 출렁이며 속속들이 빈틈을 드러냈다. 그리고 그곳을 향해 백랑사단의 무인들이 제각각 공격을 쏘셔 박았다.

쾅쾅쾅!

사방에서 폭음이 울리며 백월도의 무인들이 물결치듯 크게 밀려났다. 하나의 작은 틈이 커다란 금을 만든 것이다.

차차차창!

그래도 백월도의 무인들이라고, 그냥 밀려나지 않고 달려드는 백리연의 다리를 노리고 도를 휘둘러 그의 움직임을 저지시켰다.

"쳇!"

어쩔 수 없이 멈춘 백리연이 슬쩍 들어 올렸던 발을 땅바닥에 강하게 내려찍으며 무릎을 굽혔다.

쾅!

땅바닥을 헤집은 백리연의 신형이 용수철처럼 튀어 나갔다.

그 자신도 그 속도를 감내하지 못한 듯 몸을 움츠리고 있었다. 하지만 그의 검은 여전히 날카롭게 세워져 있었다.

차차차창!

사방에서 달려드는 여러 자루의 도를 쳐 내며 바람같이 날아든 백리연이 백월도의 무인들 사이로 끼어들었다.

이윽고 그가 멈춰 섰을 때는 서로의 팔이 닿을 만큼 가까운 거리에서 백월도의 무인들이 둘러싸고 있었다.

씨익.

그럼에도 미소를 지은 백리연이 좌수를 뻗어 정면에 공련신수를 펼치고, 재빨리 뒤돌아 항만일극검을 펼쳤다.

그의 앞뒤로 회오리치는 손 그림자와 난잡하게 일어난 수많은 변화가 한데 모여 움직이는 공세가 약간의 시간을 두고 일어났다. 하지만 다른 사람이 보기에는 거의 동시에 일어난 것처럼 보였다.

퍼퍼퍼퍼퍽!

차차차창!

와선에 휩쓸린 백월도의 무인들과 검기 다발에 밀려난 백월도의 무인들로 인해 그의 앞뒤가 깨끗하게 뻥 뚫렸다.

하지만 좌우는 그대로다.

해일처럼 와르르 몰려드는 백월도의 무인들.

백리연은 그들을 피해 뒤로 힘껏 몸을 물린 다음 다시 항만일극검을 크게 펼쳤다.

그런데 그 순간······.

콰콰콰콰쾅!

옆에서 불어온 일진광풍에, 눈앞에 있던 백월도의 무인들이 휩쓸려 지나갔다.

"······."

의아한 표정으로 눈만 깜빡거리던 백리연이 바로 앞에서 처참하게 널브러져 있는 그들을 보고선 지독한 바람이 불어온 곳을 향해 고개를 돌렸다.

그 수많은 백월도의 무인들 사이로 길이 난 것처럼 쭉 뻗은 텅 빈 공간이 있었다.

한눈에 봐도 방금 전에 들이닥쳤던 일진광풍이 지나간 자리임을 알 수 있었다. 그리고 그 끝에는 어마어마한 기운을 쏟아내고 있는 백리혼이 검을 내뻗은 채 우뚝 서 있었고, 그 앞에는 도신은 보이지 않는 도의 손잡이만 들고 있는 장학결이 있었다.

쿵!

장학결의 무릎이 땅에 닿았다. 그 울림이 백월도 전체로 퍼져나가는 듯했다.

"크흑!"

울먹이는 목소리에서 그의 비통함이 느껴졌다.

그런 그를 무심한 눈빛으로 내려다보던 백리혼이 조용히 검을 집어넣었다.

스르릉.

그가 고개를 들어 백랑사단의 무인들을 향해 말했다.

"해가 뜨기 전까지 이들을 붙잡아 두어라. 해가 뜨고 사대요단이 오면, 그때 우리도 이곳을 벗어나서 사대요단과 합류한다."

그 말에 공세를 잠시 멈췄던 백랑사단의 무인들이 다시 일방적으로 밀어붙이기 시작했다.

그리고 채 일각도 지나지 않아 백월도의 무인들을 한데 몰아가둬 놓을 수 있었다.

그것이 다 장학결을 먼저 불능 상태로 만든 덕이었다.

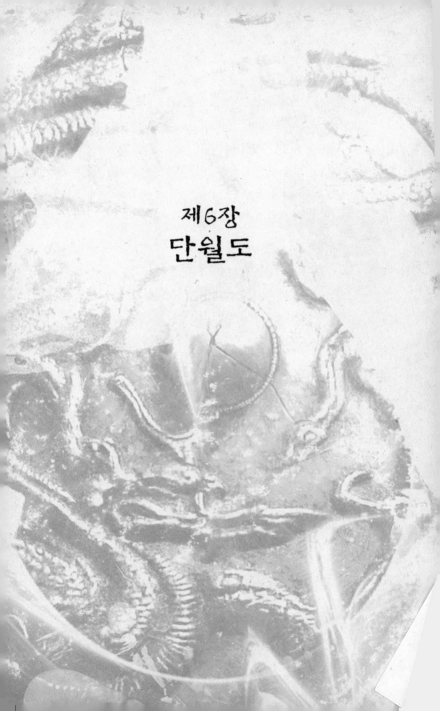

제6장
단월도

　다른 이들에게서 떨어져 나온 백리운은 지붕에서 내려와 홀로 북쪽 땅 안쪽으로 들어갔다.

　저벅저벅.

　가볍게 걷고 있는 듯했으나 그 한 걸음에 그의 몸은 십여 장 가까이 움직였고, 그렇게 쭉쭉 나아갔다. 게다가 세 방향으로 흩어진 백랑사단의 무인들 때문에 북쪽 땅의 관심은 온통 그들에게 쏠려 있으니, 백리운은 삼대도 중 하나인 단월도(端月刀)가 있는 곳에 쉽게 도착할 수 있었다.

목이 아플 정도로 고개를 들어야 볼 수 있을 법한 높이의 전
각 몇 채가 담장에 둘러싸여 있었다.

바로 그 앞에 선 백리운은 저 멀리 보이는 대문을 한번 보고
는 다시 눈앞에 있는 담장을 향해 고개를 돌렸다.

'지금은 조용히 처리해야 할 때다.'

백리운은 담장을 박차고 올랐다.

담장을 넘어선 백리운의 신형이 어둠 속으로 녹아들었다. 마
환은령술을 펼친 것이다.

단월도의 주인은 청백이라는 자로, 이미 중년을 넘어 노년을
바라보는 남성이었다.

그는 굵직한 눈썹과 부리부리한 눈 때문에 대체로 인상이 강
해 보였다. 그리고 온몸을 두른 청색 무복은 비단으로 만든 것
처럼 은은한 빛깔을 자아냈다.

고급스러운 옷에 남자다운 강직한 얼굴.

마치 장군가의 사람을 보는 듯했다.

그런 그가 처소에 조용히 앉아 있었다. 밖에서 들려오는 시
끄러운 소리에도 그는 관심없는 듯 눈을 감고 명상에 젖어들었
다.

보통 청백 정도 되는 고수에겐 그것도 곧 훈련이나 마찬가지
였다.

하지만 때가 이럴진대, 어찌 청백을 가만 놔둘까?

문 앞으로 사람 그림자가 드리우더니, 그 그림자는 부복을 하듯 한쪽 무릎을 꿇었다.

"도주, 우리도 움직여야 하지 않겠습니까?"

문 밖에서 목소리가 들려왔지만 청백은 눈도 뜨지 않고 답했다.

"언제 북쪽 땅이 침입자를 오래 놔둔 적이 있더냐? 얼마 못 가 잡힐 것이다. 그리고 필시 차기 경합 문제로 동요가 큰 다른 땅에서 온 첩자일 터. 보통 그런 놈들은 오래 못 버티기 마련이지."

"지금까지 시끄러운 것을 보면 아무래도 쉽게 볼 자들이 아닌 듯합니다."

"무얼 걱정하는 게냐? 우리가 아니더라도 북쪽 땅엔 다른 사람이 많다. 그곳에 우리까지 껴서 괜히 혼란을 키웠다간, 침입자를 더 못 잡을 확률이 크다."

"알겠……."

문 밖에서 말하던 그의 옆으로 다른 그림자가 다가와 귀에다 대고 뭐라 속닥거리고 다시 재빨리 사라졌다. 그에 그는 다시 허리를 숙이며 입을 열었다.

"아무래도 우리 단월도도 움직여야 할 듯합니다."

"무슨 일이지?"

"침입자들의 정체가 백리세가의 백랑사단이라고 합니다."

그 말에 청백이 눈을 번쩍 떴다.

"뭐라 했느냐?"

"백랑사단이라고……."

"진정 백랑사단이라고 했느냐?"

"그렇습니다. 그것도 백리혼이 직접 이끌고 왔다고 합니다."

청백이 탄식을 내뱉듯 한숨을 터트렸다.

"허어! 정녕 백랑사단이란 말이냐?"

"그렇습니다."

"백리운이라는 놈이 사대요단과 더불어 백랑사단을 되살린다고 했을 때, 쓸데없는 짓거리라 여겼거늘……. 며칠이나 지났다고 백랑사단의 이름을 달고 움직인단 말이냐? 결국 백리운도 그저 그런 인물에 지나지 않는가 보군."

"아무래도 후기지수에 속하는 애들 몇몇을 데려와서 백랑사단이라 이름 붙인 듯합니다."

"소군자라 불리던 백리극도 부활시키지 못했던 백랑사단이다."

"그래도 백리세가의 무인들이 아닙니까? 그리고 백리혼까지 있으니, 아무래도 저들만으로는 벅찬 듯합니다."

"현월교에서는 아무 말도 없더냐?"

"보통 이런 일에 현월교는 무신경하게 굴지 않습니까? 사소도나 삼대도가 처리할 거라 여기고 말입니다."

"백랑사단 혼자 움직였다면 모를까, 백리혼까지 움직였다면 모르지. 아마도 현월교에서 움직였을지도?"

"그럼 더더욱 움직여야 합니다. 소교주는 움직이기 전에 필시 우리가 움직였는지 먼저 물어볼 것입니다."

그 말에 침음을 흘린 청백이 자리에서 일어섰다.

"알겠다. 가서 출정 준비를 해라."

"명을 받듭니다."

문 밖에 무릎을 꿇고 있던 그림자가 날쌔게 튀어 오르며 어디론가 사라졌다. 그와 동시에 청백은 몸을 틀어 벽 한편에 걸려 있는 도를 빤히 바라봤다.

반듯하게 뻗은 날과 가죽 끈으로 칭칭 감겨 있는 손잡이.

특히, 그 도의 날은 동네 대장간에서도 볼 수 있을 정도로 평범하기 그지없었으나, 실제 밀도는 금강석에 비견될 만큼 단단했다.

그것은 단월도의 주인에게만 전해지는 단악도(斷惡刀)였다.

단악도를 향해 손을 내뻗던 청백이 문득 자신의 발밑으로 드리우는 그림자를 보고 멈칫했다.

"……."

그 그림자가 자신의 그림자에 닿을 만큼 커지자, 청백은 눈을 부릅뜬 채 입을 열었다.

"뉘신가?"

"네가 그저 그런 인물이라 칭했던 자다."

그 말에 청백은 급격히 눈가를 좁혔다.

"백리운……?"

"그래, 나다."

"네놈이 어떻게……."

청백은 말을 하면서도 믿을 수 없었다. 지금 그림자로 봐선 자신의 뒤에서 한 걸음 거리에 서 있는 것이 분명한데, 아무런 기척도 느껴지지 않았기 때문이다.

만약 그림자가 없었더라면 절대로 알아채지 못했을 것이라.

"걱정 마라. 죽일 생각은 없다. 그저 북쪽 땅이 함락될 때까지 기절해 있으면 된다."

"겨우 백리세가의 후기지수들 가지고 될 것 같소?"

"그들은 백랑사단의 무인들이다. 능히 제 몫을 해낼 것이다."

"꿈도 크시구려. 애들 데리고 뭘 하겠다고."

"뭘 할지는 내가 정한다. 그러니 너는 조용히 입 다물고 누워 있으면 된다."

그 말에 청백이 재빨리 손을 뻗어 벽에 걸려 있는 단악도를 집어 듦과 동시에 뒤돌아보았다. 눈 깜짝할 사이에 벌어진 일이었다.

청백은 자신이 빠르게 움직여 백리운이 자신의 움직임을 미처 따라오지 못한 거라 여겼다.

"소가주를 잡으면 북쪽 땅에서 쥐새끼처럼 날뛰는 백리세가의 사람들을 잡을 수 있겠구려."

"글쎄, 자네가 해 보고 알려 주겠나?"

"흠!"

청백이 대뜸 단악도를 검을 다루듯 찔러 넣었다. 단악도의 끝으로 백리운을 쳐 내서 거리를 벌리려는 속셈이었다.

"……"

그러나 백리운은 말없이 상체를 옆으로 틀며 피했다. 그러자 단악도가 기다렸다는 듯이 반대쪽 팔꿈치를 끌어와 몸과 함께 등 쪽으로 반 회전하며 백리운의 옆구리를 노렸다.

턱!

벽을 후려친 것 같은 단단함이 팔꿈치를 통해 팔 전체를 찌르르 울렸다.

그에 팔꿈치 끝을 바라보니, 팔꿈치를 막고 있는 백리운의 주먹이 보였다.

"한 수가 있었구려."

"아무렴, 그것도 없이 단월도의 주인을 노렸을까?"

"그럼 이것도 막아 보시오!"

청백이 팔꿈치를 빼내며 반대쪽으로 몸을 회전시켰다.

콰콰쾅!

그 몸을 따라 같이 돌아온 단악도가 방 안에 있는 가구들을 단박에 부숴 버리며 목까지 올라왔다.

그대로 있다면 목이 뎅강 날아갈 터.

백리운은 상체를 뒤로 젖혀서 그 공격을 피했다. 그와 동시에 가슴 앞에서 불쑥 솟아오르는 일 장이 있었다.

상반신 전체를 뒤덮을 만큼 커진 장력.

그 장력을 피해 뒤로 훌쩍 물러섰다. 그러자 끝없이 다가올 것 같았던 장력이 신기루처럼 스러지고 허공을 싹둑 베어 오는 단악도가 나타났다.

그와 동시에 단악도에서 눈부신 빛무리가 쭉 일어나더니 단악도와 하나로 엉켜들었다.

쾅!

방 전체를 떨어 울리는 굉음이 터지며 강렬한 기운이 완전히 박살 났다.

"크흑!"

단악도를 움켜쥔 손을 축 늘어뜨리며 뒤로 물러선 청백이 팔을 타고 들어와 몸 전체를 울리는 통증에 인상을 찡그렸다.

하마터면 단악도까지 놓칠 뻔했다.

'뭐, 뭐지?'

앞을 쏘아본 청백은 공중으로 흩어지는 영롱한 빛무리를 보았다. 그리고 그 빛무리 뒤에 멀쩡히 잘 서 있는 백리운까지 눈에 들어오자 그는 이를 바득 갈았다.

"으……."

자신은 일순간 팔에 마비가 올 정도로 커다란 충격을 느꼈건만, 저리도 덤덤하게 서 있다니?

아직도 놀란 마음이 가라앉지 않는 듯 청백은 계속 눈을 휘둥그레 뜨고 있었다.

"도대체 무슨 수를 쓴……."

그때, 청백의 말허리를 끊듯 백리운이 손을 뻗었다. 그와 동시에 그 손끝에서 방금 전에 보았던 영롱한 빛무리가 일었다.

우웅!

순식간에 초승달의 형상을 갖춘 빛무리!

천월강기가 모습을 드러낸 것이다.

까앙!

정면으로 쏘아진 그 초승달 모양의 강기가 단악도를 스치고 청백의 뒤에 있는 벽으로 날아갔다.

콰콰콰콰쾅!

그 두꺼운 벽이 두부처럼 박살 나 와르르 무너졌다.

"……."

온몸이 굳어 버린 청백은 등 뒤에서 넘어오는 돌가루를 그대로 마셨다.

그리고 그때…….

쩌어억!

손에 쥐어 있던 단악도에 금이 가기 시작하더니 쩡! 하는 소리와 함께 도신이 박살 났다.

투두둑.

수십 조각으로 박살 난 도의 파편이 방바닥에 떨어졌다.

"이, 이런 말도 안 되는 일이……."

이미 정신이 반쯤 나간 듯 청백은 팔을 축 늘어뜨렸다.

툭.

단악도의 손잡이마저 쇳조각 위에 떨어졌다.

"그대가 정말 백리세가의 소가주란 말이오? 그 개망나니로 불리던……."

그의 목소리는 현저하게 떨리고 있었다. 그리고 그의 눈은 미친 듯이 흔들렸고, 그의 얼굴은 창백하게 질려 갔다.

"잠들어 있어라. 눈을 뜨면, 그때는 모든 것이 끝나 있을 터이니."

그러나 그 말도 귀에 들어오지 않았다.

청백은 초점이 흐린 눈으로 방바닥에 널브러져 있는 단악도의 파편들을 보았다.

수백 년간 이어져 내려온 단악도가, 금강석에 비견되던 그 단단한 단악도가 지금 눈앞에서 처참하게 박살 나 있었다.

그걸 보고 맨 정신으로 버틸 사람은 없을 터.

청백은 백리운이 지척까지 다가와 자신의 명치에 손을 얹을 때까지 꿈쩍도 하지 못했다.

퍼억!

그 손에서 뿜어져 나온 거대한 경기가 청백의 전신을 떨어 울렸다. 백리세가의 무공인 발공타산을 작게 오므려 한 점에 쏟아부은 것이다.

그 정도는 되어야 호신강기를 자유자재로 움직이는 청백 같은 고수를 무너뜨릴 수 있었다.

"끄윽……."

몸속으로 스며드는 묵직한 충격을 느낀 청백은, 이내 몸 전체가 울리는 것까지 느끼고 눈이 뒤집어졌다. 그리고 그제야 그의 몸이 뒤로 서서히 넘어갔다.

그래도 천월강기는 쓰지 않았으니, 꽤 오랫동안 정신을 차리지 못할 뿐 죽진 않았을 것이다.

"이제 단월도의 조직원들만 처리하면 되겠군."

백리운은 미리 방 안에 둘러놓은 천월의 기운을 거둬들였다. 그 기운 덕분에 아무리 이 안에서 굉음을 터뜨려도 바깥까지 흘러나가지 않은 것이다.

"도주님, 출정 준비가 끝났습니다."

그때, 문밖으로 그림자가 드리우더니, 곧장 한쪽 무릎을 꿇음과 동시에 입을 열었다. 그에 백리운이 문을 향해 곧게 팔을 뻗었다.

쾅!

그 순간, 문이 부서지며 문 앞에 엎드려 있던 사내의 몸에 강력한 충격이 가해졌다.

픽!

뒤로 넘어간 그 사내는 땅바닥에 처박혀 꼼짝도 안 했다. 그 역시 단번에 기절한 것이다.

"부도주님!"

바깥쪽에서 들려오는 다급한 목소리.

아무래도 저 사내가 이곳 단월도의 부도주인 듯했다.

저벽.

백리운이 문턱을 넘어 밖으로 나오자, 그곳으로 달려든 단월
도의 무인들이 멈칫 제자리에 섰다.

"누구냐!"

"백리운."

"백리운?"

너무나도 당연하게 말하는 그의 태도에 단월도의 무인들은
고개를 갸웃거렸다.

"백리운이라면……."

"배, 백리세가의 소가주!"

"지금 밖에 있는 백랑사단이 무인들이랑 한패다!"

그의 정체를 알았음에도 단월도의 무인들은 쉽게 달려들지
못했다. 무엇보다 부도주가 일격에 나가떨어졌고, 그가 나온 곳
이 도주가 있는 처소였기 때문이다.

"어째서 거기서 나오는 것이냐?"

"네놈들의 주인과 대화 좀 나눴지. 잠시 조용히 있어 달라
고."

"뭣이?"

"네놈들도 그래 줬으면 좋겠군."

백리운이 쫙 편 손바닥을 앞으로 내밀었다.

그 손바닥에서 꽃처럼 피어나는 달의 형상.

샛노란 빛을 머금고 부풀어 오른 만월이 그의 손바닥에 맺혀

있었다.

"뭐, 뭐지?"

그 괴이한 현상에 단월도의 무인들은 주춤거리며 섣불리 달려들 생각을 하지 못했다. 백리운의 손바닥에 맺힌 만월의 강기에서 형용할 수 없는 지독한 불길함을 느꼈기 때문이다.

꽈악.

그때, 백리운이 주먹을 쥐듯 손을 말아 쥐자, 그 손에 맺혀 있던 만월의 광채가 유리처럼 부서졌다.

쨍그랑!

자잘하게 부서진 강기의 파편이 공령신수처럼 와선 모양으로 회오리치며 앞으로 쏘아졌다.

휘이이이!

줄기차게 뻗어 가는 강기의 파편이 순식간에 단월도의 무인들을 덮쳤다.

"크아아악!"

"으윽!"

소용돌이처럼 끊임없이 돌고 있는 강기의 파편을 따라 핏줄기도 같이 휘돌았다.

촤악!

옷을 베고 살점도 벤다.

그런데 그 베인 살점이 움푹 파여 꼭 짐승이 발톱으로 할퀸 것처럼 보였다.

"이, 이게 뭐야!"

까앙!

행여나 그들이 들고 있는 도에 강기의 파편이 스치기라도 하면 어김없이 형체를 알아볼 수 없을 만큼 무참히 박살 났다.

그렇게 두 번 세 번 이어진 강기의 소용돌이는 이 앞에 모인 수백 명의 단월도 무인들의 기세를 확 눌러 버렸다.

"허억! 헉!"

이윽고 백리운이 손을 거둬들였을 때는 단월도 무인들 중 아무런 상처도 입지 않은 사람은 없었다. 그렇다고 서 있지 못할 만큼 치명상을 입은 사람도 없었다. 간혹 피를 많이 흘리는 사람은 있어도 말이다.

"허억······. 음?"

저 멀리 떨어져 있던 백리운의 신형이 이들의 눈앞에서 불쑥 솟아났다.

저들이 상처를 입었다고 해서 이대로 보내 줄 수는 없는 법.

확실히 기절시켜야 했다.

퍼억!

백리운의 팔이 흐릿해지자, 그 앞에 있던 단월도 무인의 고개가 반대쪽으로 훅 돌아갔다. 그리고 그가 쓰러지기도 전에 백리운이 신형이 반대편으로 튀어 나가 그곳에 있는 무인의 복부를 발로 찼다.

퍽!

"끄억……."

눈이 튀어나올 것처럼 부릅뜬 그는 침을 질질 흘리며 복부를 부여잡고 그대로 쓰러졌다. 그리고 그때는 이미 백리운이 다른 곳으로 움직인 후였다.

슥슥슥슥!

백리운의 잔상이 사방에 퍼지자 단월도의 무인들이 뒤로 발라당 넘어지기 시작했다. 그리고 그들이 흘린 피가 땅바닥을 붉게 물들이며 조용히 퍼져 갔다.

뚝.

이윽고 그의 신형이 단월도의 한가운데 멈춰 섰을 때, 그 어디에도 멀쩡히 서 있는 사람은 없었다. 그를 제외하고는 말이다.

땅바닥에 널브러져 있는 단월도의 무인들을 훑어본 백리운이 다시 걸음을 내디뎠다.

스슥.

그러자 어둠 속으로 녹아들 듯 백리운의 신형이 그 자리에서 곧바로 사라졌다.

* * *

흑월도 무인들이 기거하는 건물들 주위로 당기철과 그를 따라온 열댓 명의 백랑사단 무인들이 들어섰다. 그들은 다른 이들

·과 달리 절대로 입을 떼지 않고 건물을 감싸고 있는 담장 위로 올라섰다.

"……."

담장 안쪽을 둘러보던 당기철이 담장 부근에는 아무도 없음을 감지하고 안으로 몸을 날리자, 다른 백랑사단 무인들도 똑같이 안으로 들어갔다.

스스슥.

유령처럼 은밀히 걷는 그들의 신형이 담장을 따라 안쪽으로 향했다. 그러다가 밝은 불빛이 있는 곳을 앞두고 우뚝 멈춰 섰다.

'얼추 다섯.'

당기철의 눈이 그 밝은 곳을 빠르게 휩쓸더니 금세 기척을 잡아냈다.

'다섯 명이 아니군. 건물 안쪽에 몰려 있다. 그래서 여기 바깥쪽에선 사람들이 보이지 않았던 게야.'

차라리 도처에 퍼져 있으면 모를까, 저렇게 한곳에 모여 있으면 어쩔 수 없이 한 번에 저들 모두를 상대하는 수밖에 없었다.

전각 몇 채를 합쳐 놓은 것 같은 크기의 대청.

당기철은 그 대청과의 거리를 가늠하고는 그 대청 주변에서 어슬렁거리는 다섯 사람들과의 거리도 눈대중으로 재보았다.

스윽.

아래로 팔을 내린 당기철의 손마디마다 머리카락처럼 가늘고 뾰족한 비침이 끼워져 있었다.

"내가 비침을 날리면 너희들은 저 대청의 지붕 위로 올라가라."

"지붕 위로요?"

뒤에 바짝 붙어 있던 백리태가 소곤거리듯 되묻자 당기철이 고개를 끄덕였다.

"위에서 덮쳐야지, 처음에 최대한으로 피해를 줄 수 있다."

"……."

"내키지 않아도 어쩔 수 없다. 우리는 쾌락을 느끼러 온 것이 아니라, 이들을 처리하러 온 것이다. 이리 수적으로 압도해도 밀리는 상태라면 지금의 방법이 최선이다."

"알겠습니다."

백리태가 수긍하자, 다른 이들도 받아들인 듯 고개를 하나둘씩 끄덕였다.

그에 다시 정면을 쏘아본 당기철이 팔을 앞으로 쭉 뻗으며 상반신을 뒤로 내뺐다.

당가 특유의 암기술 자세였다.

투투툭!

그의 손끝에서 작은 빛이 번뜩인 순간, 저 대청 주변을 떠돌던 다섯 명의 인물이 누가 먼저랄 것도 없이 한 번에 쭉 쓰러졌다.

이미 그 귀신같은 암기술을 수없이 봐 왔기에 백랑사단의 무인들은 당기철이 팔을 뻗은 순간 한 치의 의심도 없이 몸을 날렸다.

지붕 위에 착지한 그들은 당기철이 올 때까지 기다리다가 그와 함께 더 위쪽으로 올라갔다.

대청의 지붕은 가운데가 뾰족하게 솟아 있었는데, 당기철은 너무도 수월하게 그곳에 안착하여 발을 댔고, 다른 이들은 지붕의 가장자리에 서서 바로 아래에 있는 창문을 향해 손을 얹었다.

그리고 당기철이 조용히 입술을 뗐다.

"간다."

사방에서 고개를 끄덕였고, 당기철은 지붕 위에 얹은 발에 힘을 주었다. 그와 동시에 백랑사단의 무인들이 창문을 열어 그 안으로 몸을 집어넣었다.

대청 안에 모인 수백 명의 흑월도 무인들을 앞에 두고 사납게 눈빛을 뿌리는 중년의 사내가 있었다.

사실 그 사내는 가만히 눈을 뜨고 있는 것뿐인데, 안 그래도 날카로운 눈빛이 마른 얼굴 때문에 더 매섭게 보인 것이다.

이곳 흑월도의 주인인 강문공이었다.

"이쪽으로 오는 자들은 없고?"

한 무인이 그의 앞에서 고개를 숙이며 대답했다.

"침입자가 백리세가의 사람이라는 것뿐, 아직 자세히 들어온 정보는 없습니다."

"백리혼이 직접 이끌고 왔다지?"

"예. 자신들을 백랑사단이라고 밝히긴 했으나, 대부분이 후기지수에 속하는 젊은 배분들이었다고 합니다."

"아무리 백리세가라도 그런 애들 가지고 뭘 하겠다는 건지……. 차라리 사대요단이 직접 오면 모를까. 그래, 현월교에서는 뭐라고 하지?"

"언제 이런 일에 현월교에서 나섰습니까? 아마 백리세가의 무인들이 침입자라는 게 밝혀져도 우리가 처리하리라 생각할 겁니다."

"그거야 어쩔 수 없는 거겠지. 그만큼 일이 세분화되어 있으니 말이야. 그리고 기껏해야 사십 명 정도라며?"

"어림잡아 그 정도 되는 것 같습니다."

뒷짐을 쥐고 있던 강문공이 고개를 끄덕였다.

"지금 이곳 흑월도의 무인들만 해도 이백 명이 넘는다. 이런 인원수를 가진 사소대와 삼대도가 북쪽 땅 전역에 퍼질 건데, 겨우 사십 명을 못 잡을까?"

"그래도 조심하시는 것이 어떻습니까? 아무럼 백리세가의 무인들인데."

"궁금했다. 얼마나 강하기에 패도의 가문이라 불리는 것인지 말이다."

강문공이 다리까지 내려오는 흑색 장포를 슬쩍 걷어 그 안에 있던 흑색의 도를 꺼내 들었다.

스르릉.

새카만 도신을 가진 기다란 도가 모습을 드러냈다.

반듯하게 뻗치고 매끈한 흑색의 도.

흑암도(黑暗刀)라 불리는 강문공의 애병이었다.

그런데 갑자기 왜 도를 뽑아 들었을까?

다들 의아한 눈으로 그를 쳐다보고 있을 때였다.

쾅!

쭉 솟아 있는 지붕 한가운데에서 돌연 굉음이 터지며 뻥 구멍이 뚫렸다.

그러나 그곳에 신경을 쓸 새도 없이 대청의 벽을 가득 채운 여러 개의 창문이 뜯겨져 나가며, 그곳으로 백색 장포를 펄럭이는 젊은 사람들이 몸을 쑤셔 넣는 것처럼 저돌적으로 안으로 들어왔다.

그들을 보는 강문공의 눈이 번쩍 뜨였다.

"감히 여기가 어디라고 쳐들어오는 게냐!"

그는 이미 어느 정도 기운을 느낀 듯 그들이 들이닥쳐도 당황하지 않고 먼저 몸을 띄워 쭉 솟구쳐 올랐다.

쏴앙!

동시에 그가 도를 휘둘러 사방에 거친 도기를 쏟아 내자, 공중에 떠 있던 백랑사단 무인들의 기습적인 공세가 허공에서 폭죽처럼 터져 나갔다.

콰콰쾅!

허공에서 일어난 기파가 대청 안을 덮쳤다.

퉁!

허공에서 몸을 튕긴 백리웅의 신형이 그대로 쏘아지며 강문공의 지척으로 날아들었다. 그와 동시에 반대편에서 똑같이 반동을 준 백리태의 신형도 그의 지척에 도달했다.

앞뒤로 꽂히는 강력한 일격!

서로 반대편에서 날아든 두 줄기 빛살이 강문공이라는 한 지점에서 만났다.

까강!

그런데 허공에서 신형을 비틀거리며 추락하기 시작한 것은 오히려 백리태와 백리웅이었다.

그들은 각자 내질렀던 주먹을 다른 손으로 부여잡고 땅에 착지했다. 일순간 신형을 잃을 정도의 충격이 그 손에 남아 있었다.

"흑월도의 주인이라더니 제법이군."

백리태는 아직도 얼얼한 손을 털며 허공에 떠 있는 강문공을 올려다봤다. 그러나 그는 아래는 쳐다보지도 않은 채 사방으로 도를 휘둘러 허공에 떠 있는 백랑사단의 무인들을 땅으로 내쳤다.

흑월도의 무인들로 득실거리는 곳으로 떨어진 백랑사단의

무인들은 하나같이 인상을 찌푸리고 있었다. 그만큼 강문공의 공격이 묵직했기 때문이다.

"저리 가벼운 도를 가지고 중(重)의 묘리를 부리다니. 음?"

잠시 강문공을 올려다보며 중얼거린 백리태가 돌연 사방에서 느껴지는 거친 살기를 느끼고 고개를 내렸다.

파앗!

그러곤 양손을 떨치며 그들을 향해 달려들었다. 아니, 달려들려는 순간이었다.

파파파파파팟!

머리 위에서 엄청난 파공음이 울리며 비처럼 쏟아지는 수십 개의 비침이 나타났다.

그것은 지붕에 구멍을 낸 당기철이 던진 암기였다. 그리고 그가 던진 만큼 위협적이었다.

피웅!

그런데 그 수많은 비침이 강문공이라는 한 점에 모여드는 것이 아닌가?

"흡!"

그 사나운 기세를 뿌리던 강문공조차 깜짝 놀라서 헛바람을 들이킬 정도였다.

그럴 수밖에 없는 것이, 지금 당기철이 펼친 암기술은 당가에서도 몇 사람밖에 펼칠 수 없는 일점만화비(一點萬化飛)로, 수많은 암기를 한데 모아 파괴력을 극대화시키는 무공이었다.

그것의 위력을 익히 들어왔기에 강문공은 황급히 허리를 튕겨, 그 반동을 이용해 반대쪽으로 몸을 날렸다. 마치 누가 잡아끄는 것처럼 그의 신형이 옆으로 쑥 빠졌다.

파파파파파팟!

그가 있던 자리를 지나, 무서운 기세로 그 아래에 내리 꽂힌 일점만화비를 애꿎은 흑월도의 무인이 맞았다.

마치 온몸에 가시가 돋아난 것처럼 그 수많은 비침이 한 사람의 몸을 완전히 뒤덮어 버렸다.

"끄으……."

쓰러지지도 못하고 그 자세 그대로 굳어 버렸다.

한 사람을 결박시키는 무공.

말로만 듣던 위엄이 그의 몸에서 보여졌다.

심지어 그가 쥐고 있던 도에도 비침이 박혀 마치 점혈이라도 당한 것처럼 미동도 하지 않았다.

꿀꺽.

어디선가 침 넘어가는 소리가 들려왔고, 아주 지독한 정적이 번개처럼 찰나에 지나쳤다.

피웃!

낮은 파공음!

한 자루의 비도가 흘린 은색빛이 허공을 그으며 강문공을 향해 날아들었다.

일점만화비와 달리 한 자루다, 한 자루!

그런데 그걸 바라보는 그의 표정이 좋지 않았다.

후웅!

일순간 비도 끝으로 무거운 풍압이 형성됐다.

당가의 중절비였다.

일점만화비에 비하면 한 단계 낮은 위력이었지만, 그건 어디까지나 일반적인 사람에게나 통용되는 말이다.

당기철 같은 이는 중절비만 해도 상상을 초월할 위력을 낼수 있었다.

그걸 증명이라도 하듯 강문공이 이를 악물고 흑암도를 바짝세웠다.

까앙!

흑암도를 쥔 팔이 뒤로 튕겨져 나가며, 몸 한 면도 같이 뒤로쏠렸다. 일순간이지만 그런 식으로 몸 한 면을 훤히 드러낸 것이 치욕스러웠는지, 그의 얼굴이 새빨갛게 달아올랐다.

"이놈!"

벽 쪽으로 몸을 날려, 그 벽을 박차고 더 높은 공중으로 떠오른 강문공이 머리 위로 흑암도를 뻗으며 세차게 휘둘렀다.

그렇게 뿜어져 나온 여러 가닥의 도기가 태풍이 몰아치듯 지붕 안쪽을 두들겼다.

콰콰콰콰쾅!

순간, 지붕이 폴싹 내려앉더니, 하늘이 뻥 뚫리며 박살 난 나무조각들이 우르르 쏟아졌다.

타앗!

그때, 지붕 자재들과 함께 떨어지던 당기철이 땅에 닿기도 전에 정면에서 날아드는 강문공을 보고는 눈앞에 아른거리는 제법 큼지막한 나무조각을 손으로 강하게 후려쳤다.

쾅!

자잘하게 박살 난 나무조각이 정면으로 쏜살처럼 쏘아졌다.

빙글.

강문공이 가슴 앞에서 흑암도를 풍차처럼 돌려 그 모든 파편을 쳐 냈다. 하지만 그로 인해 공중에서 잠시 멈춰 서야 했고, 그는 다시 주변에서 떨어지는 다른 나무조각을 밟고 앞으로 튀어 나갔다.

쾅!

그러나 그러기 무섭게 또다시 정면에서 끝이 뾰족하게 박살 난 나무조각이 날아들었다.

"흐음."

침음을 삼킨 강문공의 소맷자락이 활짝 피어나 빙글 한 바퀴 회전하더니 그 많은 나무조각을 한 번에 휘어감고 아래로 내쳤다.

단번에 나무 파편을 털어 낸 강문공은 어느새 당기철과의 거리를 팔만 뻗으면 닿을 정도로 가깝게 줄였다.

"잡았다!"

머리 위로 흑암도를 번쩍 치켜든 강문공이 흥분 가득한 목소리와 함께 흑암도를 일직선으로 내려찍었다.

쩌어억!

그 앞에 있던 나무조각이 양옆으로 동강 나며 흑색 검광이 번갯불처럼 번뜩였다.

"음?"

그러나 그 어디에도 핏줄기는 없었고, 그 어디에도 당기철은 없었다.

"뭐, 뭐지?"

당황한 그의 시선이 갈 곳을 잃고 떠돌았다.

그리고 그때, 그의 뒤에서 사람 그림자가 불길처럼 솟아오르더니 그의 척추로 기다란 다리가 꽂혔다.

퍼억!

활등처럼 몸을 휜 강문공은 걸레짝처럼 튕겨져 나가 반대쪽 벽에 부딪치고 그 반동으로 땅에 떨어졌다.

"끄으……."

척추를 맞은 탓에 잠시 동안 몸 전체를 찌르르 울리는 통증을 겪어야 했다. 그래서 그는 몸을 일으키면서도 연신 휘청거렸다.

"어, 언제 뒤로……."

그의 앞으로 착지한 당기철은 혀를 차며 고개를 저었다.

"쯧쯧. 암기술의 기본은 경공이다. 흑월도의 주인씩이나 되는 자가 그런 것 하나 염두에 두지 않고 당가의 가주를 상대하

려 했느냐?'

"이죽거리지 마라. 그러다 죽는다."

"독과 암기를 다루는 당가의 사람을 절대로 건드리지 말라는 무림의 말도 모르는 것 같군. 왜 그런 말이 통용되고 있는지 내가 직접 알려 주지."

당기철이 차가운 눈빛을 뿌리며 손을 들 때였다. 그를 향해 사방에서 달려드는 흑월도의 무인들이 당기철의 전신을 덮쳐 갔다.

그로 인해 그의 모습은 흑월도 무인들이 휘두르는 도에 잠식됐다.

채채채채챙!

다행히 그 속에서 도에 썰리진 않은 듯 번번이 불꽃이 튀었고, 비침을 손마디에 낀 당기철의 모습이 듬성듬성 보이기도 했다.

그에 강문공이 비릿한 미소를 머금으며 그 사이로 흑암도를 휘둘렀다.

"당가의 명성도 여기서 끝나는군."

그의 광기 어린 목소리가 대청 안을 울렸다.

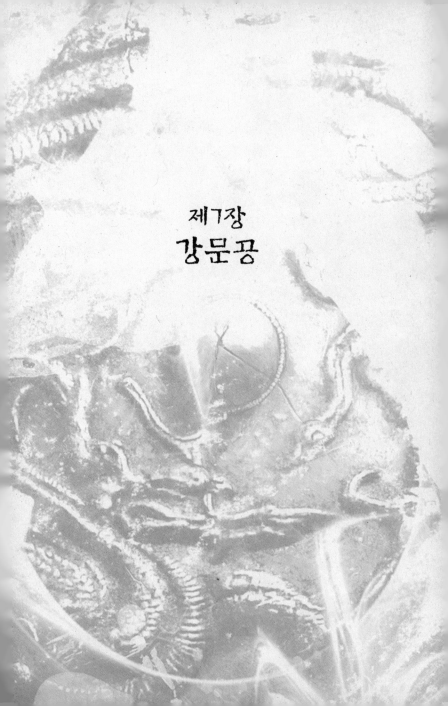

제1장
강문공

　사방을 휩쓰는 새카만 손 그림자가 돌연 하나로 중첩되더니
한 줄기 섬전처럼 허공을 스쳤다. 백리태가 펼친 풍도백아수의
변형된 모습이었다.

　까앙!

　그 손 그림자를 내려친 흑월도 무인의 도가 반으로 동강 나
며 머리 위로 튀어 올랐다. 그러나 그 손 그림자는 기세가 조금
도 죽지 않고 무시무시한 속도로 쇄도해 나갔다.

　콰앙!

그 손 그림자를 향해 주먹을 내질렀던 흑월도 무인이 털썩 무릎을 꿇으며 미친 듯이 비명을 질렀다.

"크아아아악!"

완전히 뒤로 꺾인 손이 너덜너덜 흔들리며 바깥쪽 팔뚝에 닿았다.

그것은 보기만 해도 소름이 끼칠 만큼 끔찍한 광경이었다.

그러나 그 비명소리가 거슬렸는지, 정작 그를 그렇게 만든 백리태는 그에게 다가가 매정하게 발길질을 했다.

퍽!

고개가 훅 돌아간 그는 결국 의식을 잃고 쓰러졌다.

툭.

그럼에도 주변에 있는 흑월도 무인들은 바로 눈앞에 있는 백리태만 보고 있을 뿐 쉽사리 덤비지 못했다. 그의 공격을 막으면 어찌 되는지 두 눈으로 직접 확인했기 때문이다.

슬금슬금 물러나는 흑월도 무인들의 얼굴은 공포가 어려 새하얗게 질려 있었다.

전장을 누비는 하얀 늑대들.

백랑사단의 이름이 그들의 머릿속에 각인되는 순간이었다.

차앙!

삼 장의 거리를 일 장으로 끌어당긴 백리태가 머뭇거리고 있는 흑월도 무인의 도를 손으로 쳐 낸 후 반대편 손을 뻗어 멱살을 잡아당겼다.

"끄악!"

짧은 비명과 함께 그 무인은 땅바닥을 뒹굴었다. 그런데 몇 바퀴 구르지도 않았건만, 백리태의 차가운 손이 그의 옷자락을 움켜쥐고 쭉 끌어올렸다.

"으윽?"

그런데 그의 시야에 보여야 할 백리태는 안 보이고 자신을 향해 도를 들이대는 흑월도의 무인들만 보였다.

"자, 잠깐 뭐 하는 짓이야?"

그가 손을 뻗으며 만류하자, 그의 목덜미를 감싸는 차가운 손길이 느껴졌다.

그렇다. 백리태는 자신의 뒤에서 자신을 방패막이로 내세운 것이다.

"어디 베어 봐. 마음껏 휘둘러."

"으악! 안 돼. 멈춰! 멈추란 말이야!"

백리태가 목덜미를 쥐고 앞으로 들이밀자, 그 무인은 울상을 짓고 손을 젓기 바빴다.

"쯧쯧쯧. 한심한 것들. 보통 이런 일이 본가에 생기면, 우리는 적의 도움이 되는 걸 거부하고 스스로 목숨을 끊지. 하지만 네 놈들은 그러지 않는 것 같군."

그 목소리를 들으니 몸속 깊은 곳에서부터 걷잡을 수 없는 공포가 일어났다.

"으아아아!"

"시끄럽군."

목덜미를 잡고 있지 않은 반대 손으로 그 무인의 입을 틀어 막았다.

"읍! 읍!"

그 무인은 눈동자의 실핏줄이 터질 만큼 눈을 부릅뜨고 소리를 질러 댔다.

그것이 거슬린 걸까?

백리태의 얼굴에 싸늘함이 감돌았다.

꺼걱!

입을 틀어막은 손과 목덜미를 잡고 있는 손이 서로 반대쪽으로 움직였다.

그 두 손에 잡혀 있던 무인의 얼굴이 덜렁덜렁 흔들렸고, 곧 그 무인이 앞으로 쓰러졌다. 그리고 움직이질 않았다. 숨소리도 들리지 않았다.

이윽고 찾아온 정적이 숨 막히도록 사위를 짓눌렀다.

"……."

그 주변에 있는 흑월도 무인들은 우뚝 서 있는 백리태의 얼굴을 빤히 바라봤다.

옥을 깎아 만든 것처럼 굉장히 잘생긴 얼굴이었다.

하지만 그들의 눈에는 저승사자가 눈을 부라리고 있는 것처럼 무섭게 보였다.

"뭣들 하는 것이냐?"

그때, 그들의 고막을 치는 거친 목소리가 들려왔다.

저 멀리서 부하들과 함께 당기철을 공격하던 강문공이 우연히 이쪽을 보고선 소리친 것이었다.

"……!"

그 외침이 효과가 있었는지 공포에 잠식되던 흑월도 무인들의 눈에서 불똥처럼 안광이 튀었다.

자신들이 누군가?

흑월도의 무인들이다.

그 삭막하다는 북쪽 땅에서 지금까지 굳건히 살아남은 자들이다.

그들은 하나둘씩 정신을 차리기 시작했고, 잔뜩 움츠러들었던 기세가 다시 불타올랐다. 그에 백리태가 곤란하다는 듯이 쓰게 웃었다.

"이런."

한 사람을 공개 처형시키면서 기세를 꺾어 버리는 수법이었다. 그런데 그 수법을 눈치 챈 강문공의 방해로 모든 것이 수포로 돌아갔다.

그래서 경직되었던 그들의 자세가 부드럽게 풀리며 점차 제 모습을 찾아갔다. 도를 들고 서 있기만 해도 위압감을 주는 그런 모습 말이다.

"뭐가 이런이냐? 저딴 것들, 날려 버리면 그만이지."

그 말과 동시에 좌측에서 수십 명의 흑월도 무인들이 해일처럼 우르르 밀려들었다.

그런데 끼어드는 그들의 모습이 이상했다.

자의로 달려든 게 아니라, 겹겹이 눌린 채 바닥을 미끄러지고 있었다.

그에 백리태의 고개가 그 끝으로 향했다. 그곳에는 그들을 두 손으로 밀친 백리웅이 서 있었다.

"하긴, 이런 무식한 힘은 네놈밖에 없지."

"졸아서 덤비지도 못했던 놈이 말이 많네."

"누가 졸아?"

"누구긴 네놈이지."

백리웅은 훌쩍 몸을 띄워 한쪽에 몰아넣은 흑월도의 무인들을 향해 마구 주먹을 내질렀다.

강력한 경기를 머금은 거친 바람이 그의 주먹질에서 쏟아져 나와 곤두박질치듯 땅에 처박혔다.

콰콰콰콰콰쾅!

방원 오 장을 휩쓰는 사나운 후폭풍!

그 거친 권세 안에 멀쩡히 서 있는 사람은 없었다. 그야말로 초토화가 된 것이다.

도는 쇳덩어리를 내려친 것처럼 구부러진 상태로 땅을 뒹굴었고, 흑월도 무인들은 산발이 된 것은 물론이며 옷자락도 너덜너덜해진 채 널브러져 있었다. 그들은 눈을 뜨지 못하고 숨만 희미하게 내뱉고 있었다.

공중에 있던 백리웅이 두 발을 엮어 힘껏 내리찍었다.

쿵!

지축이 흔들리며 널브러져 있던 무인들이 한 차례 들썩였다.

방금 일격을 맞고도 아직 정신을 있는 사람이 있는지 확인하는 그만의 무식한 방법이었다.

하지만 쓰러져 있는 자들은 모두 의식을 잃은 듯 꿈쩍도 안했다.

"좋아."

백리웅은 혼자 만족해하며 백리태를 향해 씩 웃어 보였다.

마치 봤냐고 묻는 표정 같았다.

퍼퍼펑!

그에 뒤질세라 풍아기를 날린 백리태는 풍아기를 날리자마자 흑월도의 무인들이 모여 있는 곳으로 신형을 날렸다.

"그래야지. 크하하!"

통쾌하게 웃어 젖힌 백리웅은 흑월도 무인들이 뒤덮고 있는 당기철을 향해 걸음을 움직였다.

그가 걸을 때마다 대청 안에 북소리가 쿵! 쿵! 울리는 것 같았고, 그 소리는 당기철을 향해 무차별적으로 공격을 퍼붓던 강문공의 시선을 끌었다.

"당가의 가주를 구하려고 백리세가의 사람이 온다? 그 소문이 사실이었나 보군. 당가가 동쪽 땅으로 이적했다는 소문 말이야."

"그런 소문은 못 들어 봤나? 당가의 가주께서 백랑사단의 훈련 교관이었단 사실 말이야. 그리고 이제는 백랑사단의 고문으로 남아 있다는 것도."

"뭣이? 내가 그 어처구니없는 말을 믿을 것 같으냐?"

"하긴, 동쪽 땅 안에서도 백리세가 사람들만이 아는 소식이니 네놈들은 모르겠지."

강문공이 한쪽 눈썹을 꿈틀거렸다.

"그런데 내 나이의 반도 안 처먹은 놈이 사사건건 반말이야?"

"전장에서 만난 사람끼리 예를 다 올리리?"

"백리세가 놈들이 익히 건방지다는 소문은 들어왔다만, 이리 직접 보니 어처구니가 없군. 오늘 네놈을 죽이기 전에 그 버릇부터 고쳐 주마."

그 말과 동시에 땅 위를 미끄러진 강문공이 단숨에 오 장의 거리를 일 장 안으로 줄였다.

얼추 도를 휘두르면 닿을 거리.

그 즉시 흑암도가 일자로 바짝 서며 허공을 싹둑 베어 왔다.

쐐애애액!

초식이 간결한 만큼 빨랐다.

흑암도가 움직였다 싶은 순간에 벌써 눈앞에서 미간을 베어 오고 있었다.

그에 깜짝 놀란 백리웅은 덩치에 맞지 않게 몸을 크게 들썩거리며 옆으로 몸을 틀었다.

휘익!

백리웅이 있던 공간을 무섭게 가른 흑암도가 반쯤 내려온 순간 옆으로 꺾이며 백리웅의 허리를 노리고 휘둘러졌다.

그 정도 속도를 유지하며 방향을 틀기란 쉬운 일이 아니다.

그런데 그는 조금의 망설임도 없이 몸을 돌리며 흑암도를 옆으로 휘둘렀다.

쐐애액!

쩍 갈라지는 대기가 곧 두 동강 날 백리웅의 허리와 비슷해 보였다.

그에 할 수 없이 백리웅은 손에 잔뜩 내력을 덧씌우고 주먹을 강력하게 내질렀다.

까앙!

주먹을 내질렀던 팔이 뒤로 튕겨져 나가며, 그의 몸까지 덩달아 팔랑개비처럼 넘어갔다.

"크흑!"

바닥에 얼굴까지 찧을 정도로 세게 넘어진 백리웅이 오른손을 세차게 털며 일어섰다.

그러자마자 그의 복부를 향해 눈부신 속도로 날아와 위로 차오른 무릎이 꽂혔다.

퍼억!

새우처럼 굽어진 백리웅의 몸이 위로 붕 떴다. 막을 새도 없이 눈 깜짝할 사이에 이어진 공격이었다.

아무리 강문공이 백아사천의 사람이라고 해도, 그는 백랑사단과 사대요단에 맞설 사소대의 주인들 중 한 사람이다. 배분으로 따지면 당기철과 비슷한 급에 속하는 자였다.

그리고 강자만이 살아남는 북쪽 땅에서 당당히 그 능력을 인정받아 수백 명을 이끄는 조직의 수장이었다.

아무리 백리세가의 무인이라지만, 그런 이를 상대로 백리웅이 호각을 이루기란 벅차 보였다.

퍼퍼퍼퍼퍽!

눈앞까지 떠오른 백리웅을 향해 강문공이 무차별적으로 주먹질을 해 댔다.

얼굴이며 몸이며 가리지 않고 사정없이 꽂히는 주먹은 백리웅이 잔뜩 웅크린 자세로 땅에 떨어질 때까지 계속되었다.

"흐흐흐. 이놈, 이제 내가 누군지 알겠느냐?"

강문공은 아직도 자신의 발 앞에 웅크리고 있는 백리웅을 보며 흑암도를 번쩍 치켜들었다.

"이제는 예의란 걸 좀 알게 되겠군. 세상에는 네놈들만 사는 게 아니란 걸 저승에 가서도 잊지 마라."

사나운 경기를 머금은 흑암도가 대기를 반으로 가르며 뚝 떨어져 내렸다.

한 줄기 흑선이 허공에 남을 만큼 깔끔한 베기였다.

까앙!

그러나 그 흑암도가 내려친 것은 대청의 바닥이었다.

애꿎은 바닥에 흠집을 낸 강문공은 눈을 이리저리 돌렸다.

"피해?"

분명 엎드려서 꼼짝도 하지 못하고 있던 놈이 눈앞에서 갑자기 사라졌다.

그리고 그때, 머리 위에서 무시무시한 파공음이 울려 고개를 들어보니, 염악종이 두 다리를 엮은 채 허공을 찍어 오는 모습이 보였다.

"이런, 씨……."

욕지거리를 내뱉을 새도 없이 강문공은 뒤로 몸을 날려야 했다.

쾅!

바닥을 헤집으며 떨어진 염악종의 발밑에서 무서운 경기가 휘몰아쳤다.

그 경기의 범위 안에 있던 강문공은 새하얗게 질린 얼굴로 눈을 휘둥그레 떴다.

"이 개자식이!"

"흐흐! 그 알려 준다는 예의란 게 겨우 이 정도냐?"

"이놈이……."

바득 이를 갈던 강문공이 멀쩡한 백리웅의 얼굴을 보고 멈칫했다.

분명 그 얼굴에 적중된 주먹질만 해도 꽤 되건만, 멍 자국 하나 없이 깨끗했다.

그것이 백리세가의 외문 무공인 철중대화피(鐵重帶和皮)의 공능임을 알 턱 없는 강문공은 무슨 괴물을 쳐다보듯 눈빛이 흔들리고 있었다.

　"시시하군. 그 예의란 게 이런 거면, 배우지 않아도 되겠어."

　백리웅이 허세 좋게 말하고 있지만, 실상 그의 몸속에는 어느 정도 충격이 축적되어 있었다. 다만, 철중대화피 덕분에 겉으로 드러나지 않을 뿐이었다.

　하지만 그러한 약점을 드러낼 순 없는 법.

　백리웅은 아무렇지도 않다는 듯 기세를 키워 나가며 한 걸음씩 움직였다.

　쿵, 쿵.

　그의 무게가 실린 발이 대청 바닥을 흔드는가 싶더니, 한순간 눈앞으로 불쑥 튀어 오르는 것이 아닌가?

　쾅!

　두 팔을 교차시켜 막은 강문공은 몸 전체를 뒤흔드는 강력한 충격에 일순간 멈칫했다.

　"크흑!"

　변화도 없이 오직 힘만 실은 공격이었다.

　그 공격을 막은 두 팔이 얼얼한 것은 어찌 보면 당연한 일이었다.

　그런데 때려도 멀쩡한 백리웅을 보고 심적으로 위축된 강문공에겐 그 공격마저 크게 다가왔다.

그래서 그다음 이어진 공격에도 크게 반응했다.

머리 위에서 채찍처럼 휘어지며 내리꽂히는 각법.

그대로 있다간 머리통이 땅에 처박히며 처참하게 박살 날 것 같았다.

쾅!

홀쩍 뒤로 물러난 강문공의 앞으로 대청 바닥에 벼락처럼 각법이 꽂혔다.

헤집고 일어나는 바닥.

실로 엄청난 괴력이 실린 듯했다. 그 광경을 바라보는 강문공이 침을 꿀걱 삼켰다.

무언가 위축된 모습이었다.

그런데 거기서 공격을 이어가기는커녕 백리웅은 돌연 좌측으로 몸을 틀더니 훅 날렸다.

바람처럼 뻗어간 그의 몸이 멈춘 곳은 흑월도 무인들로 뒤덮여 있는 당기철이 있는 곳이었다.

쾅!

달려든 그대로 들이박은 백리웅의 몸에서 엄청난 기파가 일어나며, 순식간에 흑월도의 무인들을 쳐 냈다.

후두둑 나가떨어지는 흑월도의 무인들.

그로 인해 그들이 뭉쳐 있던 곳에서 백리웅이 들이박은 한쪽이 텅 비게 되자, 파묻혀 있던 당기철의 모습이 한 측면이나마 드러났다.

그런데 흑월도 무인들에게 뒤덮여 있던 사람치고는 몰골이 멀쩡했다.

간간이 갈라진 옷자락만 보일 뿐, 그의 몸에서 상처는 찾아볼 수 없었다. 게다가 그런 상황에서도 열 명이 넘는 흑월도의 무인들이 당기철의 주변에 쓰러져 있었다.

그러한 광경에 정작 들이박은 백리웅이 괜한 짓을 했다는 표정으로 머리를 벅벅 긁었다.

"쩝. 하긴, 우리의 교관인데, 저런 것들에 당할 리가 없지."

그 말이 끝나기 무섭게 백리웅이 터 준 공간으로 당기철의 몸이 미끄러지듯 쏙 빠져나오는가 싶더니, 살쾡이처럼 날쌔게 튀어 오르며 그 뭉쳐 있는 흑월도 무인들을 향해 양손을 털었다.

<u>표표표표!</u>

강침, 비침, 비도, 승포, 자모환 등 세상에 존재하는 모든 암기가 그의 손에서 쏟아져 나와 거대한 구류(舊流)처럼 한데 뭉쳐져 흑월도 무인들을 덮쳤다.

"크악!"

"윽!"

얼굴에도 박히고, 어깨에도 박히고, 다리에도 박히고, 온몸에 암기가 꽂혔다.

채채채챙!

몇몇 이들이 도를 휘두르며 나름대로 암기를 쳐 내 보지만,

그 도가 움직이는 속도보다 암기가 더 빠르게 떨어졌다.

표, 표옥!

도를 휘두르는 손에 암기 두 개가 나란히 박혔다.

"으악!"

결국 도를 놓친 그는 하늘에서 무차별적으로 떨어지는 암기에 온몸이 뒤덮였다.

정말 조금의 틈도 주지 않고 소낙비처럼 빼곡하게 떨어지는 암기들!

그 범위 안에 든 흑월도의 무인들은 피할 곳도 막을 방법도 없었다.

그것이 당가의 암기술 중에서도 세 손가락 안에 드는 위력을 가진 만천화우(滿天花雨)의 진정한 모습이었다.

그 많은 암기에 일일이 힘과 속도를 싣는 만큼 내공 소모가 심한 무공이다.

그런데도 당기철은 쉴 새 없이 세 번이나 몰아치며 암기를 사방에 퍼트리니 그 안에 멀쩡히 서 있는 사람은 없었고, 마치 땅바닥을 뒤덮은 것처럼 쓰러진 사람들의 몸에 박힌 암기로 바닥이 가득 찼다.

순식간에 수십 명이 쓰러졌다.

그들은 죽지 않았어도 당분간 일어설 수 없을 만큼 치명상을 입었다.

게다가 여기저기 나뒹구는 박살 난 무기들에도 암기가 꽂혀 있었다.

그러나 바닥에 내려온 당기철의 얼굴도 좋지만은 않았다. 식은땀을 흘리고 있었고, 핼쑥해 보였다.

만천화우 같은 초상승 무공을 연달아 세 번 펼친다면 내공 소모도 문제지만, 그보다 폭발적으로 끓어 오르는 내공 때문에 심맥에 더 큰 무리가 간다.

자칫 잘못하면 내상을 일으킬 수도 있는 심각한 상황이라는 걸 그도 잘 알고 있었지만, 당기철은 아무런 망설임도 없이 만천화우를 뿌렸다.

백리운이 자신의 가문을 구해 준 이후 생긴 충성심과 자신이 가르친 아이들이 조금이라도 덜 상처 입으라는 생각이 맞물려 벌어진 일이다.

쿨럭.

몸에 무리가 온 듯 기침을 내뱉는 당기철의 숨소리가 거칠다.

혼자서 북쪽 땅의 조직인 흑월도의 무인들을 이만큼 죽였다는 것은 보기만 해도 엄청난 일이다.

같은 편이든, 적이든 가리지 않고 다들 부릅뜬 눈으로 당기철을 바라봤다.

그래서 생긴 잠시간의 정적이 대청 안에 흘렀다.

파팟!

그러다 정적을 깨고 움직인 두 사람이 있었다. 지친 때를 노리고 달려든 강문공과 그 반대편에서 당기철을 보호하고자 몸을 날린 백리태였다.

쾅!

거의 비슷한 속도로 날아와 부딪쳤건만, 한쪽이 걸레짝처럼 튕겨져 나가 땅바닥에 처박혔다.

"끄으⋯⋯."

힘겹게 땅을 짚고 일어서는 사람은 백리태였다.

그가 날아오는 걸 보고 일부러 속도를 맞춘 강문공이 남는 힘을 이용해 밀어 친 것이다.

그리고 강문공은 눈앞에 서 있는 당기철을 향해 곧장 흑암도를 치켜들었다. 이미 그의 눈에는 이성이란 보이지 않았고, 자신의 부하들이 쓰러진 것에 대해 폭발한 광기만이 어려 있었다.

채앵!

비껴치는 흑암도를 비침으로 막아 낸 당기철이 뒤로 물러서며 연달아 두 자루의 단검을 날렸다.

쾅!

짧은 거리임에도 바위마저 으깨 버릴 위력이 있었다.

그러나 끊어질 듯한 고통이 느껴지는 심맥 때문에 손이 살짝 흔들려 번갯불처럼 허공에 번쩍인 단검이 불안정하게 흔들리며 궤도를 벗어났다.

그것은 초보자나 하는 실수였다.

궤도를 벗어나니 힘이 급격이 줄어들었고, 강문공은 흑암도를 좌우로 흔들어 두 자루의 단검을 무리 없이 쳐 냈다.

"죽여 버리겠다!"

야차처럼 얼굴을 일그러뜨린 강문공이 무서운 속도로 쇄도했다.

그때였다.

픽!

바위만 한 덩치의 백리웅이 쏜살처럼 날아와 그의 등 뒤에 매달리더니 쇠고리처럼 엉켜들었다.

콰콰콰쾅!

엉켜들어 데구루루 구른 백리웅과 강문공은 벽에 부딪치고 나서야 구르는 걸 멈췄다. .

퍼퍼퍼퍼픽!

그 둘은 떨어지지 않고 서로를 향해 주먹질을 날리기 시작했다.

강문공은 흑암도를 놓친 지 오래였다.

평생을 불구대천의 원수로 지내온 것처럼 그 둘의 주먹질에는 인정사정이 없었다.

심지어 중간에 펑, 펑, 소리가 났으며, 주먹에서 일어난 압력이 권풍까지 형성하기도 했다.

그런 주먹은 맞는 순간 몸 전체에 충격이 퍼질 정도로 고통이 심했다. 그런데도 그 둘은 바짝 붙어서 절대 떨어지지 않았다.

그 단단한 피육에 새파랗게 멍이 들어도 그 둘의 주먹질은 멈출 기색이 보이지 않았다.

퍽! 퍽! 퍽!

배에 꽂히고, 얼굴에 꽂히고, 또 배에 꽂히고…….

마을 개싸움하는 한량들처럼 마구잡이식으로 주먹을 날렸다.

"크악!"

비명인지 기합인지 구분하지 못할 소리가 튀어나왔다.

누구의 입에서 나온 것인지 감조차 안 잡힌다.

그 둘의 살벌한 주먹질로 장내는 쥐 죽은 듯이 조용해졌고, 모든 시선이 그 둘에게로 쏠렸다.

그리고 그때였다. 강문공이 주먹으로 뻗었던 손을 펴며, 백리웅의 어깨를 잡은 다음 힘으로 뒤집어 눕혔다.

그와 동시에 팔꿈치로 등을 꾹 누르며 바닥에 떨어져 있는 흑암도를 들었다.

"잘 버텼다. 그 대가로 저승에 고이 보내 주마."

강문공은 자신의 팔꿈치 아래에서 꿈쩍도 하지 못하는 백리웅의 목을 노리고 흑암도를 번쩍 들어 올렸다.

그리고 단두대처럼 그대로 내려치려는 찰나…….

까가강!

흑암도의 몸통을 두들기는 거친 공세가 있었다.

그에 눈을 사납게 치켜뜨며 고개를 돌려보니, 연거푸 양손을 떨치는 백리태의 모습이 일 장 거리를 앞에 두고 아른거렸다.

허공에서 중첩된 손 그림자.

그 속에서 꽃이 피어나듯 하나의 손 그림자가 앞으로 툭 튀어나왔다.

귀신의 손이라도 되는 것처럼 섬뜩한 전율을 일으켰다. 변형된 풍도백아수를 전력으로 펼친 탓이다.

"이깟 공격으로 뭘 어쩌겠다고!"

광기로 뒤집어진 강문공은 잔뜩 내력을 덧씌운 흑암도를 휘둘러 그 손 그림자를 쳐 냈다.

쾅!

폭발하듯이 터진 가공할 경기가 사방을 휩쓸었다.

그러나 그 속에서도 강문공의 기세는 조금도 위축되지 않았고, 다급해진 백리태는 신형을 쏜살처럼 날렸다.

조금이라도 늦으면 백리웅의 목이 뎅강 잘려 나갈 터.

그는 황급히 손을 출수하며 있는 대로 내력을 다 끌어올렸다.

깡!

흑암도가 위에서 뚝 떨어지며 그의 손등을 내려쳤다.

"크흑!"

손등에 기다란 혈선이 그어지더니, 쩍 벌어짐과 동시에 피를 쏟아 냈다.

하지만 백리태는 뒤로 물러서지 않고 가까이에서 바로 반대쪽 손을 휘둘렀다.

파파팟!

좌수를 움직여 순식간에 그 손을 쳐 낸 강문공은 흑암도의 방향을 백리태에게로 돌렸다.

쏴악!

도의 기세에 대기가 쫙 갈라진다.

하지만 백리태는 자신이 피하면 다시 흑암도가 아래로 내려갈 걸 알기에 피가 철철 흐르는 손으로 막으려고 했다.

그 순간이었다.

뻑!

강문공의 고개가 앞으로 훅 꺾이더니, 그의 몸 전체가 앞으로 쏠리며 땅바닥을 굴렀다. 그의 밑에 깔려 있던 백리웅이 전갈의 꼬리처럼 다리를 거꾸로 차올려 그의 뒤통수를 발로 찬 것이었다.

골을 뒤흔드는 충격에도 강문공은 땅을 몇 바퀴 구르지 않고 벌떡 일어섰다.

그러나 그때는 백리웅도 일어서 백리태와 같이 공세를 퍼붓는 중이었다.

전방을 가득 채운 맹렬한 바람.

그 바람은 백리웅과 백리태가 내뻗은 손에서 일어난 것이었다.

쐐애애액!

일도양단의 기세로 흑암도를 내려찍은 강문공은 싹 갈라지는 바람 사이로 용수철처럼 튀어 올라 백리웅의 머리를 반으로 쪼갤 것처럼 다시 한 번 흑암도를 휘둘렀다.

휘익!

깔끔하게 허공을 베어 오는 흑암도!

그런데 그 흑암도의 밑에 있던 백리웅이 피하기는커녕 소처럼 달려드는 것이 아닌가?

그때, 그 밑으로 불쑥 솟아오르는 손이 있었다.

금나수를 펼친 듯 대기를 빨아들이고 있는 손.

백리태의 것이었다.

꽈악!

단숨에 강문공의 어깨를 잡아챈 그 손이 앞으로 움직이며 어깨를 세게 밀어냈다.

"이놈이!"

중심을 잃은 강문공의 상반신이 뒤로 휘청거리자, 그가 휘두르고 있던 흑암도까지 덩달아 힘을 잃었다. 그리고 몸을 들이밀던 백리웅이 두 주먹을 모아 앞으로 내뻗었다.

"같잖은 수작을……!"

한 줄기 빛살처럼 파고든 두 주먹이 정확히 그의 가슴을 가격했다.

픽!

뒤로 넘어가 대자로 뻗은 강문공의 가슴에는 나란히 붙어 있는 두 주먹 자국이 선명하게 남아 있었다.

필시 가슴뼈가 함몰된 것이리라.

그래서 꺼억, 들숨이 버거워 보였다.

"비, 빌어먹을."

바닥에 뻗어 있는 강문공이 순식간에 자신을 뒤덮은 그림자를 보고 지껄인 말이다.

퍽!

체중을 실어 팔을 아래로 휘두른 백리웅의 주먹이 그의 얼굴에 꽂혔다.

쾅!

그 여파로 바닥에 뒤통수가 박힌 강문공은 꿈쩍도 하지 않았다.

"하아. 끈질긴 놈. 드디어 끝났네."

백리웅이 털썩 주저앉으며 거칠게 숨을 몰아쉬자, 그 옆으로 백리태가 팔다리를 축 늘어뜨리며 같이 앉았다.

"교관님도 이쪽으로 와서 같이 쉬죠."

그 말에 당기철이 피식 웃으며 다른 곳으로 몸을 돌렸다. 저 둘이 강문공을 처치하는 사이 몸을 어느 정도 회복한 덕이다.

"나머지도 끝내야지."

아직 백여 명의 흑월도 무인들이 남아 있었지만, 그들의 눈에선 전의를 찾아볼 수 없었다. 무엇보다 조직의 위력을 이끌어내는 수장이 죽었기 때문이다.

"너희들이나 쉬고 있어라. 나머지는 우리가 맡겠다."

"두 명이서 한 놈 조지느라 수고 많았다."

"낄낄. 저들은 우리가 처리하지."

백랑사단의 다른 무인들이 그 둘을 향해 한 마디씩 내뱉으며 남아 있는 흑월도의 무인들을 향해 몸을 날렸다.

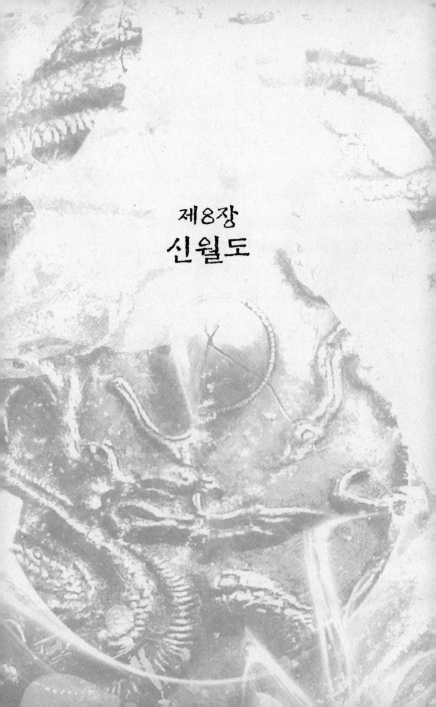

제8장
신월도

단월도가 있던 곳에서 서쪽으로 꽤 멀리 들어가면, 탑처럼 길쭉하게 솟아 있는 건물이 나타난다. 그리고 그 건물에는 얇고 긴 도가 초승달 끝에 걸려 있는 문장이 박혀 있다.

삼대도 중 하나인 신월도(新月刀)의 건물이었다.

그곳엔 담장 없이 건물 하나만 덩그러니 놓여 있었는데, 주변에 다른 건물은커녕 인적조차 드물어서 그 일대가 모두 신월도의 연무장이자 마당이나 마찬가지였다.

그래서 백리운이 그 주변에 도착했을 때, 그 건물 앞에 꽤 많은 인원이 모여 있었다.

하지만 그 정도가 신월도의 전부일 리 없었다.

같은 조직인 단월도에 있던 무인들보다 반 이상 적었다.

"흠? 어디 간 건가?"

백리운이 어둠에 녹아들며 그들의 대화를 엿들었다.

"들었어? 침입자들이 백리세가 놈들이라는데?"

"그래? 재밌겠는데? 백리세가라면 붙어 볼 만하지."

"그 뭐냐, 백랑사단이라고 했나? 그놈들이 쳐들어왔다는데."

"백랑사단이 뭔데?"

"예전에 사사천구를 휩쓸었던 조직이라네."

그때, 한 사람이 코웃음을 치며 끼어들었다.

"다 옛날 일이다, 옛날 일. 언제 적 백랑사단 이야기를 하고 있는 거야. 지금은 후기지수 애들 데려와서 이름만 갖다 붙인 거야."

"그래도 다른 사람도 아니고 백리혼이 붙었다는데? 백랑사단에?"

"아무리 백리혼이라도 뭐 어쩌겠어. 백리세가는 침몰하는 배야. 신경 쓸 거 없어."

거기까지 들은 백리운이 묘한 표정을 짓다가 그곳으로 들어서는 신월도 무인들을 보고 다시 귀를 기울였다.

"갔다 왔냐? 침입자는 잡았어?"

"아니. 백리세가 놈들이라 그래서 바로 만날 줄 알았는데, 다

숨어 있나 봐. 코빼기도 안 보여."

그 말을 들은 백리운의 눈썹이 쭉 올라갔다.

'백랑사단의 무인들을 찾으려고 흩어진 거였군.'

이곳에 반도 안 되는 인원만 남아 있는 이유가 있었다.

그래도 백랑사단의 무인들을 찾다가 발견하지 못한 사람은 되돌아오는 듯했다.

'어차피 이곳으로 다 되돌아오겠군.'

그리 생각한 백리운은 어둠 속에서 천천히 걸어 나왔다.

저벅저벅.

난데없이 발소리가 들리자, 그 건물 앞에 모여 있던 신월도의 무인들이 두리번거렸다.

"또 누가 왔나 본데?"

"그러게. 이번엔 백리세가 놈들을 좀 잡았을까?"

"한 놈이라도 잡아야 할 텐데……."

그들의 시선이 한곳으로 쏠렸다.

이곳으로 천천히 걸어오는 젊은 사내.

새카만 장포를 몸에 두르고 긴 머리카락이 자연스럽게 늘어져 있었다.

그 사내가 백리운임을 인식하기 전까지 신월도 무인들이 잠시 멈칫했다.

"백리운?"

누군가 입을 떼자, 신월도 무인들이 표정을 싹 바꾸며 차가운 기운을 철철 뿜어 댔다.

"백리세가의 소가주가 여기까지 어쩐 일이오?"

"알아서 잡히러 오셨소?"

"이왕 온 거, 북쪽 땅에 있는 백랑사단의 무인들이 어디에 숨어 있는지 좀 알려 주시겠소? 그럼 고이 살려서 보내 드리리다."

사방에서 조롱하는 듯한 말이 튀어나와도 백리운은 표정 변화 없이 그들의 앞에 섰다.

스스스슥.

그 순간, 신월도의 무인들이 좌우로 흩어져 그를 둥그렇게 둘러쌌다.

백랑사단의 무인들을 찾으러 나간 듯 특별히 지휘하는 사람은 보이지 않았다. 그럼에도 그들은 각자의 자리를 찾아가듯 백리운을 감싼 것이다.

설렁설렁 서 있는 듯하나, 어디에도 탈출구는 보이지 않았다.

"도대체 무슨 깡으로 이곳에 혼자 온 것이오? 본인이 백리극이라도 된다고 생……."

그때였다. 백리운의 손에서 영롱한 빛무리가 쏟아져 나오더니 순식간에 반월의 형상을 갖췄다. 그리고 그 반월의 빛무리가 방금 '백리극'을 언급한 자에게 쏘아졌다.

그것이 지나간 자리에서 벼락이 친 것처럼 한번 번뜩였을 뿐인데…….

콰콰콰콰쾅!

방원 삼 장 크기의 둥그런 구덩이가 생기더니 그 뒤로 똑같은 모양의 구덩이가 꼬리를 물고 생겨났다.

쾅!

그 뒤편에 있던 건물 한편에 부딪치고 나서야 반월 모양의 천월강기는 수그러들었다.

투두둑.

천월강기가 지나간 자리로 수백 조각의 살점과 뼛조각, 그리고 핏물이 뒤섞여 떨어졌다. 그 움푹 파인 구덩이 안으로 말이다.

"……."

입을 쩍 벌린 사람은 있어도 목소리를 내는 자는 없었다.

다들 숨이 턱 막혀 오는 공포를 느끼며 그 자리에서 얼어붙은 것처럼 꼼작도 하지 못했다.

그때, 백리운의 눈에서 마주치기만 해도 숨이 멎을 것 같은 무시무시한 안광이 쏟아졌다.

"신월도의 주인은 어디 갔지?"

"……."

다들 말하지 않고 주춤거리자, 백리운이 뒤돌아서며 손을 크게 휘둘렀다.

그 순간, 또다시 허공에 번갯불처럼 번뜩이는 빛무리가 일어났다.

콰콰콰콰콰쾅!

여러 개의 구덩이가 일렬로 쭉 파이며, 그 안으로 수많은 살점과 뼛조각이 떨어졌다.

몇 사람이나 죽었을까?

얼추 삼분지 일의 인원수가 사라진 듯했다.

남은 인원은 오십 명 남짓.

그러나 그들은 단 한 명 백리운의 앞에서 쥐 죽은 듯이 조용히 있었다.

"다시 묻지. 신월도의 주인은 이곳에 없나?"

"이, 이곳에 없소."

"그럼 어디에 있지?"

"치, 침입자를 찾으러 나갔소. 고, 곧 있으면 돌아올 것이오."

"그렇군. 그동안 여기서 기다리면 되겠군."

그 말에 신월도 무인들의 얼굴이 새하얗게 질렸다.

백리운이 그 얼굴들을 훑어보며 씩 웃었다.

"걱정 마라. 네놈들을 죽일 생각은 없으니."

하지만 그 말에 마음을 놓는 이는 없었다.

"제길, 도대체 어디 숨은 거지? 코빼기도 보이지 않는군."

몽둥이처럼 투박한 철도를 등에 차고 땅바닥을 차듯이 걸어오는 중년의 사내가 있었다.

옷 위로 드러나는 선명한 근육과 가만히 있어도 인상을 찡그린 것처럼 험궂은 인상, 거기다가 하관을 뒤덮은 덥수룩한 수염까지.

만약 그의 정체를 모르는 자가 봤으면 산적이라고 해도 믿었을 것이다.

신월도의 주인, 막우사였다.

"백리세가라고 해서 기대했더니, 겁먹고 숨어 있을 줄은 몰랐네."

연신 신경질을 내던 막우사가 멈칫하며 섰다. 주변에 난생처음 보는 구덩이가 일렬로 쭉 나 있었기 때문이다. 그것도 두 개나 말이다.

"뭐지, 이것들은?"

그 구덩이를 향해 다가갈수록 지독한 악취가 느껴졌다.

"이게 뭐야?"

구덩이를 들여다본 막우사는 그 안에 있는 잔혹한 광경에 놀라 눈을 휘둥그레 떴다.

다른 구덩이에도 들어 있는 내용물은 같았다.

"어떤 놈이 신월도의 앞에서 이런 짓을……."

신경질적으로 건물을 향해 걷던 막우사는 건물 한쪽이 박살난 걸 보고 또 멈칫했다.

"도대체 내가 없을 때 무슨 일이 벌어진 거야?"

그는 문을 발로 뻥 차며 탑처럼 길쭉하게 생긴 건물 안으로 들어갔다.

그리고 멀쩡한 모습으로 한데 뭉쳐 있는 부하들을 보며 으름장을 놓았다.

"뭐야? 네놈들 도대체 밖에서 뭔 짓 했어? 바깥 꼴이 왜 저 모양이야? 엉? 난 또 백리세가 놈들이라도 쳐들어온 줄 알았잖아."

"……."

"이것들이 이제는 귀머거리 행세까지 하네. 내 말 안 들려? 어? 저거, 누가 했냐고!"

"……."

갈수록 높아지는 목소리에도 불구하고 그들은 한 마디도 하지 않았다.

"이것들이 장난하나?"

"내가 했다."

막우사의 고개가 휙 돌아갔다. 그가 바라본 곳엔 의자에 차분히 앉아 있는 백리운이 있었다.

"뭐냐, 네놈은? 가만, 네놈… 어디선가 본 것 같은데……."

그가 인상을 쓰며 백리운의 얼굴을 뚫어져라 쳐다보다가 돌연 눈을 부릅떴다.

"백리운?"

"나를 알아보는군."

"크하하! 어찌 몰라볼 수 있을까?"

"그럼 다행이고."

"흐흐흐! 이런 횡재가 다 있군. 백랑사단이라는 애송이들만 온 줄 알았는데, 백리세가의 소가주까지 있을 줄이야!"

입이 찢어져라 웃는 그를 보며 백리운이 물었다.

"나를 잡을 자신은 있고?"

"물론!"

막우사는 등 뒤로 손을 뻗어 철도를 꺼내 들었다. 굉장히 특이한 모양의 철도였다.

몸통은 울퉁불퉁 튀어나와 있고, 끝은 바위가 박힌 것처럼 투박하다. 심지어 하나 있는 날도 그리 매끄러워 보이진 않았다.

섬세한 도보다는 둔기에 가까워 보였다.

신월도의 주인에게 대대로 이어지는 삭월표도(朔月表刀)였다.

쿵.

삭월표도의 끝이 바닥에 닿자 바닥이 울렸다. 그만큼 도의 무게가 무거웠다는 뜻이다.

그런데 막우사는 그 삭월표도를 한 손으로 들고 있었다. 그것도 표정 하나 변하지 않고 말이다.

타앗!

다짜고짜 바닥을 박차고 나아간 막우사가 신형을 빙글 돌리며 삭월표도를 크게 휘둘렀다.

쾅!

백리운이 앉아 있는 의자 앞으로 삭월표도가 비스듬히 박혔다.

바닥이 박살 나고 맨땅이 드러났다. 그리고 아직도 대기가 찌르르 울렸다. 실로 엄청난 파괴력이었다.

그런데 그 앞에서 삐딱하게 앉아 있는 백리운은 눈 한번 깜빡하지 않았다.

그게 의외라는 듯 막우사가 한쪽 눈썹을 끌어올렸다.

"백리세가의 소가주라더니, 배짱 하나는 두둑하군."

"……."

백리운이 아무 말도 없이 쳐다보기만 하자, 막우사가 성큼 발을 들이밀며 삭월표도를 들어 올렸다.

후웅!

묵직한 바람 소리가 일어나며 처올라오는 삭월표도!

그 뭉툭한 끝이 턱을 후려칠 것처럼 거세게 치솟았다.

그런데 그 순간…….

턱.

반도 올라오지 못한 삭월표도가 뚝 멈췄다. 그리고 그 위에는 백리운이 발이 고이 놓여 있었다.

"으윽!"

막우사가 잔뜩 힘을 주어도, 그걸 누르고 있는 백리운의 발은 꿈쩍도 하지 않았다.

그때, 백리운이 지그시 입을 열었다.

"이게 다인가?"

마치 자신을 깔보는 것처럼 은근히 내려다보는 눈빛에 막우사가 삭월표도를 뒤로 빼며 훌쩍 물러났다.

'만만히 볼 놈이 아니다!'

어느 순간, 막우사의 전신에서 흐르는 기운이 달라졌다. 그리고 자세도 달라졌다.

몸을 옆으로 세우며 다리를 벌리고선 살짝 구부렸다. 몸의 중심을 낮춘 것이다. 그리고 그중 앞으로 나와 있는 다리는 쭉 뻗었다.

훅훅!

가볍게 삭월표도를 움직였는데도 커다란 바람이 일었다.

어느새 땅에 닿을 것처럼 아래로 뻗친 삭월표도.

그만의 기수식이었다.

그리고 그 자세를 취하자마자 바람에 흔들리는 갈대처럼 몸을 앞뒤로 흔들거렸다.

파팟!

순식간에 앞으로 튀어나간 그의 신형이 맹렬히 회전하며 앞으로 쭉 나아갔다. 그와 동시에 삭월표도가 돌풍을 일으키며 전방위를 휩쓸어 갔다.

콰콰콰쾅!

그 아래에 있는 바닥이 처참하게 박살 나기 시작했고, 대기는 빨려 들어가 거친 삭풍이 되어 같이 돌기 시작했다.

게다가 속도는 어찌나 빠른지 그가 몸을 흔든 순간, 이미 백리운과의 거리는 반 이상으로 줄어들었다.

말 그대로 눈 깜짝할 사이에 벌어진 일이다.

그런데 그 살벌한 광경을 보고도 백리운은 의자에 앉은 채로 느긋하게 발만 움직였다.

방금 전에 막우사가 바닥을 헤집어 놓은 곳에 주먹만 한 크기의 돌조각들이 많았는데, 백리운이 그곳을 발로 두들기자 그 많은 돌조각들이 백리운의 눈높이까지 떠올랐다.

스윽.

앞으로 살짝 흔든 손.

그와 동시에 허공으로 떠오른 수많은 돌 조각들이 앞으로 쏟아졌다.

타타타타타탕!

거세게 돌고 있는 삭월교도가 날아드는 돌조각들을 사방으로 쳐 냈다.

그에 자신감을 얻었는지 일진광풍이 된 막우사의 속도가 더 빨라졌다.

그런데 백리운의 눈높이에 여전히 떠 있는 하나의 돌멩이가 있었다.

겨우 하나다.

막우사는 그 하나 가지고 뭘 하겠냐는 생각에 속도를 조금도 줄일 생각을 하지 않았다.

그리고 그가 눈앞에 도달한 순간, 그 하나 남은 돌멩이가 한 줄기 빛살처럼 쏘아졌다.

까앙!

사방을 몰아치는 돌개바람 속에서 불꽃이 튐과 동시에 반 토막 난 도신(刀身)이 머리 위로 튀어 올랐다.

"크학!"

그와 동시에 막우사가 균형을 잃고 앞으로 크게 고꾸라지며 바닥에 미끄러졌다.

턱.

자신의 앞까지 미끄러진 그의 머리를 백리운이 발을 세워 막았다. 아까 전의 일격을 막듯이 말이다.

"크으."

죽을 만큼 치욕스러웠다.

백리운의 발밑에 깔려 있는 막우사의 얼굴이 터질 것처럼 새빨개졌다. 하지만 그는 좀처럼 일어서질 못했다.

"으으으!"

이를 악물고 아무리 내공을 짜내도 머리를 꾹 누르고 있는 백리운의 발은 조금도 밀리지 않았다.

막우사의 머리는 바닥에서 한 뼘 높이에 멈춰 있었다.

그리고 그때였다.

쿵!

백리운의 발이 막우사의 머리를 바닥에 처박았다.

그래도 여전히 몸은 발악하듯 꿈틀거리고 있었지만, 바닥에 박혀 있는 얼굴 때문에 더 이상 신음은 흘러나오지 않았다.

"시시하군."

백리운은 무심한 눈길로 구석에 몰려 있는 신월도 무인들을 쓱 훑어봤다.

'아직 반 정도는 밖에서 떠돌고 있는 건가?'

여기서 시간을 더 지체했다간 날이 밝을 것이다. 그럼 사대 요단이 북쪽 땅을 쳐들어올 터.

그 전에 삼대도를 완전히 무력화시켜야 했다.

'지금까지 안 온 걸 보면, 앞으로도 당분간은 돌아오지 않겠군.'

어쩔 수 없었다. 해가 뜨기 전에 움직여야 했다.

백리운이 슬쩍 발을 들었다. 그리고 그러기 무섭게 막우사가 고개를 쳐들었다.

"이 개새끼가⋯⋯."

그 욕지거리가 다 나오기도 전에 백리운의 발이 내리찍혔다.

쾅!

이번에는 머리끝까지 처박혔다. 뒤통수가 바닥보다 들어갔을 만큼 깊이 말이다.

"⋯⋯."

바퀴벌레처럼 꿈틀거리던 몸이 더 이상 움직이질 않았다. 마치 죽은 것처럼 조용히 있었다.

스윽.

그제야 백리운이 발을 빼고는 저 한쪽에 몰려 있는 신월도 무인들에게로 향했다.

"이제 네놈들만 남았군."

오싹!

신월도의 무인들은 피부가 뜯겨져 나갈 것처럼 지독한 공포를 느꼈다.

눈앞에서 두 번이나 백리운의 무위를 관전했던 탓에 백리운의 눈조차 마주보지 못했다.

"흐음."

백리운이 잠시 그들을 보며 고개를 꺾었다.

'저들을 다 죽일 수는 없겠지. 안 그래도 밖에 반이나 되는 인원이 나돌아 다니는데, 저대로 남겨 둘 수도 없는 법.'

백리운이 그들을 향해 손을 뻗쳤다.

움찔.

이미 그 손에서 나오는 천월강기를 봤기에 신월도 무인들은 백리운의 손을 보고 바들바들 떨기 시작했다. 웬만해선 무인들이 보이기 힘든 반응이었다.

하지만 백리운이 보여 준 천월강기의 위력은 그 모든 걸 상회할 만큼 참혹했다.

수백 조각의 살점과 뼛조각들이 섞여 핏물과 함께 떨어지던 모습.

바로 그 모습이 신월도 무인들의 머릿속에 생생히 남아 있었다.

"걱정 마라. 죽이진 않을 테니."

부드러운 그 목소리가 전혀 자비롭게 들리지 않았다.

덜덜덜.

여기까지 떨림이 전해질 정도로 심하게 떨고 있었다. 그에 백리운이 뻗은 손으로 허공을 가격했다.

펑!

허공을 치는 가공할 진기!

그 허공에서 밀려난 대기가 해일처럼 신월도 무인들을 덮쳤다.

"크악!"

"윽!"

여기저기서 짧은 비명 소리가 튀어나오며, 신월도 무인들이 뒤로 팔랑개비처럼 넘어갔다. 그리고 그들은 더 이상 일어나지 못했다. 실로 엄청난 풍압이 그들의 몸을 뒤흔들었기 때문이다.

마치 망치로 머리를 후려친 것처럼 골까지 흔드는 충격에 그들의 의식은 순식간에 날아갔다.

오십 명에 달하는 신월도의 무인들이 이 한 방에 모두 기절한 것이다.

저벅저벅.

어느새 의자에서 일어나 그들의 앞에 선 백리운이 쓱 둘러봤다.

고요했다. 그리고 아무도 움직이지 않았다.

"이 정도면 한동안 못 일어나겠지."

그 순간, 백리운의 손이 문 쪽을 향해 뻗쳤다.

쾅! 콰르르르.

뭉게구름처럼 일어난 먼지가 건물 입구를 잡아먹었고, 그 먼지구름 안으로 박살 난 건물의 파편이 쏟아졌다.

철저히 봉쇄된 입구.

이 정도면 밖에 나갔던 신월도 무인들이 되돌아와도 어느 정도 시간을 벌 것이다.

저벅. 슥.

한 걸음 뗀 백리운의 몸이 그 자리에서 사라졌다.

여기에서의 일을 마쳤으니, 마지막 남은 한 곳을 향해 간 것이다.

이제 해가 뜨기까지 이각도 채 남지 않았다.

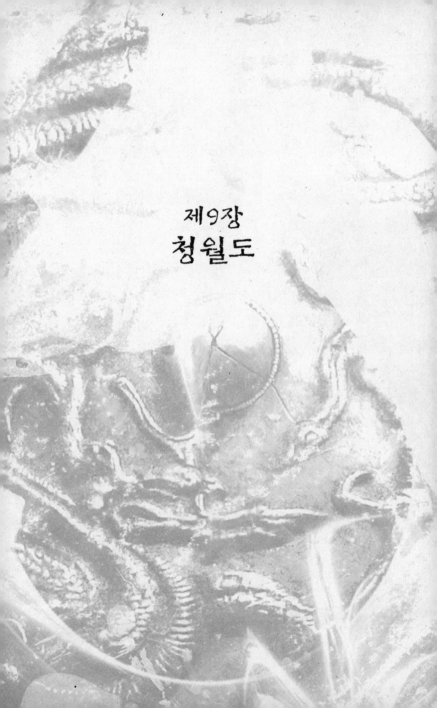

제9장
청월도

담장 안에 작은 사옥이 바짝 붙어 있는 곳.

청월도의 무인들이 기거하는 곳이다.

그런데 원체 담장이 낮아 웬만한 장정이라면 그 앞에 서는 것만으로도 그 안에 무엇이 있는지 한눈에 볼 수 있을 정도였다.

그래서일까? 그곳으로 들이닥친 백랑사단의 무인들은 가볍게 담장을 넘어 안으로 들어갔다. 그런데 그 와중에도 담장을 넘기 귀찮다는 것처럼 그것을 뚫고 가는 사람이 있었다.

쾅!

요란한 소리와 함께 담장이 터져 나가며 산만한 덩치의 사내가 나타났다. 염악종이었다.

그는 땅을 쿵쿵 울리며 안으로 달려가기 시작했다.

"크하하하하!"

거기다가 괴상한 웃음소리까지.

아예 자신이 쳐들어왔다고 알리는 꼴이나 다름없었다.

"하아."

"그냥 우리도 저렇게 올걸."

"그러게. 저럴 줄 알았으면 괜히 몰래 담장을 넘었네."

백랑사단의 무인들은 고개를 절레절레 흔들다가, 사방에서 쏟아져 나오는 청월도 무인들을 향해 몸을 날렸다.

순식간에 시작된 접전!

백랑사단의 무인들이 그곳을 거침없이 누비기 시작했다.

살벌한 도의 향연에 직접 몸을 날려 가며 청월도 무인들을 차례대로 쓰러뜨리기 시작했다.

비록 적이 많긴 하지만 차분히 싸움을 풀어 가는 것이었다.

그것이 가능했던 이유는 그곳에서 미쳐 날뛰는 염악종이 제일 센 사람을 찾아, 그 사람을 묶어 뒀기 때문이다.

당연히 그는 청월도의 주인, 암호였다.

나무 막대기처럼 얇고 긴 도.

그 도가 움직일 때마다 새파란빛이 피어올랐다.

까까까깡!

엄청난 속도로 움직이는 그 도를 염악종은 주먹으로 모조리 쳐 냈다.

"흐음!"

암호는 자신의 도인 청만도(靑滿刀)에 닿고도 멀쩡한 염악종의 주먹을 보고 놀랐다.

'어찌 저럴 수가 있지?'

청만도는 바위도 매끈하게 쳐 낸다. 그런데 저놈의 피부에는 흠집조차 내지 못하고 있다.

그에 암호는 청만도에 내력을 불어넣었다.

지잉!

순식간에 일어난 청색 도기가 돌개바람처럼 사방을 휘어 감았다.

깡!

이번에도 맨주먹을 뻗은 염악종이 깜짝 놀란 얼굴을 하며 뒤로 물러섰다.

아무리 그라도 암호 같은 고수의 도기를 맨손으로 받아 내는 경지까지는 이르지 못했다.

그건 사사천구의 대표나 가능할 일.

암호는 기세를 잡았다고 생각해서 질풍처럼 몸을 날렸다.

'그 손부터 베어 주마.'

순식간에 거리를 좁혀 온 암호의 청만도가 눈부신 빛을 발하며 염악종의 어깨를 노리고 휘둘러졌다.

쓰으으!

그런데 그 순간, 염악종의 온몸을 뒤집어씌우는 검은 연기가 있었다.

아주 찰나의 순간, 온몸에 소름이 돋을 정도로 불길한 기운이었다.

'뭐지, 저건?'

그러나 청만도가 허공을 베어 오는 속도는 조금도 줄지 않았다.

턱!

검은 연기로 뒤덮인 손이 청만도의 도신을 꽉 움켜쥐었다.

"……!'

눈을 부릅뜬 암호가 믿을 수 없다는 듯 일순간 멈칫했다.

츠으으으!

그 검은 연기는 청만도에 맺힌 도기를 힘으로 눌렀고, 도기는 녹이 쓸어 가는 것처럼 수그러들었다.

"어찌 이런……."

"흐흐흐. 제대로 한번 놀아 보자꾸나."

염악종이 청만도를 밀쳐 내며 무릎을 턱끝까지 차올렸다.

퍽!

제대로 맞은 듯 암호의 고개가 뒤로 넘어갔다. 그런데 염악종의 표정이 이상하다.

"이놈 봐라?"

그 말에 대답이라도 하듯 암호의 몸 전체가 넘어가며 한 바퀴 돌았다. 그런데 넘어가는 모양이 제비처럼 가벼웠다. 그리고 넘어가고 나서도 두 발로 착지하자마자 용수철처럼 튀어 오르며 뒤로 빠졌다.

날랜 몸짓으로 염악종의 무릎을 흘려보내며 뒤로 물러난 것이다.

"제법이구만!"

"네놈은 누구냐? 그리고 그런 무공은 어디서 배운 것이냐?"

"네놈이 내 이름을 들어 봤을까 모르겠네. 염악종이라고, 한때 산적질로 먹고살았던 놈이지."

암호는 시종일관 군은 표정으로 염악종을 노려봤다.

'한때 녹림의 산적이 아니었던가? 그런데 녹림에 저런 괴이한 무공이 있었던가?'

그는 아무리 생각해도 이해할 수 없었다.

"염악종은 백리운의 시종이라고 들었는데. 언제부터 백랑사단과 함께 움직인 것이지? 주인의 가문이라고 저런 애송이들의 시종 노릇까지 하는 건가?"

"저놈들의 훈련 교관이다, 이놈아."

"쯧쯧. 시종이라고 시킨 일이 고작 저런 애들 데리고 다니는 일이라니. 무슨 골목대장도 아니고."

"아무렴 나시우 놈 밑에 있는 것보다 더 할까? 듣기로는 자기 사형제들 다 쳐 내고 그 자리에 올랐다지? 보통 그런 사람은 의심이 심해지고, 그럼 네놈들 같은 부하들의 목이 날아가는 거지."

그 말에 암호의 눈이 표독스러운 빛을 냈다.

"감히 여기가 어디라고 그런 망발을 지껄이느냐?"

"여기가 어디긴 어디야. 네놈의 무덤이 될 곳이지."

휙휙.

그 말에 암호가 청만도를 고쳐 잡았다.

그런데 그 순간, 염악종이 먼저 달려드는 것이 아닌가?

둘 사이의 거리를 한 걸음으로 압축시키더니, 새카만 연기로 뒤덮인 주먹을 내뻗었다.

쾅!

몸 전체를 뒤흔드는 충격!

가까스로 청만도를 눕혀 막았건만, 그래도 충격은 고스란히 전해진 듯 암호는 신형을 크게 휘청거렸다.

'이런 무식한 힘이 있다니!'

깡!

청만도의 몸통에 박히는 검은 연기!

하마터면 청만도를 놓치면서 손아귀까지 찢어질 뻔했다. 정말 무지막지한 힘이었다.

"크흑."

또다시 밀려드는 가공할 검은 연기.

그런데 이번에는 눈앞에서 활짝 펼쳐지며 시야를 가리는 것이 아닌가?

그 검은 연기를 뚫고 불쑥 튀어나온 주먹이 있었다.

까가강!

그 주먹은 청만도가 뿜어내는 도기를 쳐 내는 것도 모자라, 청만도를 향해 정면으로 날아들었다.

"이놈!"

암호가 물러서지 않고 청만도에 온 힘을 실어 휘둘렀다.

까앙!

머리 위로 튀어 오른 청만도가 풍차처럼 빙글빙글 돌며 저 멀리 날아갔다.

"크흑!"

암호는 청만도를 쥐고 있었던 손을 부르르 떨며, 경악에 물든 얼굴로 그를 쳐다봤다.

어느새 눈앞까지 쇄도한 주먹.

어김없이 검은 연기에 뒤덮여 불길한 기운을 내뿜고 있었다.

퍼억!

그 주먹이 암호의 얼굴에 꽂히자, 검은 연기가 폭죽처럼 터지며 그의 얼굴이 뒤로 넘어갔다.

마치 상반신이 뒤로 꺾이는 것처럼 목 전체가 확 넘어간 것이다.

쾅!

넘어간 그대로 땅에 처박힌 암호는 입을 벌린 채 게거품을 물었다. 그리고 눈은 멀쩡히 잘 뜨고 있었지만, 눈꺼풀은 내려오지 않았다.

눈을 뜬 채로 기절한 것이다.

그리고 그 광경을 주변에서 힐끗 쳐다본 백랑사단의 무인들이 쯧쯧 혀를 차며 저마다 한 마디씩 내뱉었다.

"상황을 봐 가면서 덤벼야지. 저 산적 같은 얼굴을 보고도 함부로 입을 놀리더니. 쯧쯧."

"그러게 말이야. 아무리 우리 교관이었다지만, 저리 무지막지하게 다룰 줄은 몰랐네."

그때, 자신의 상대가 없어진 염악종은 좌측에 있는 청월도 무인을 향해 몸을 날리며 두 다리를 뻗었다.

퍽!

그 무식한 일격에 청월도 무인은 걸레짝처럼 튕겨져 나가 꿈쩍도 안 했다.

그것은 시작이었다. 백랑사단의 무인들이 상대하고 있는 청월도 무인들에게까지 달려들어 마구 주먹질을 해 댔다.

암호가 없는 지금, 흑철마공의 기운을 한 대라도 받아 낼 자는 없었다.

즉, 무차별 난타에 죽어 나가는 건 청월도의 무인들뿐이었다.

"흐음."

할 일이 없어진 백랑사단의 무인들은 한데 모여 염악종을 지켜봤다.

"저런 무식한 주먹질을 막을 방도가 없으니, 원."

"그러게."

자신들도 훈련할 때마다 익히 맞아 왔던 주먹질이다.

그래서 비록 적이지만 한순간 청월도 무인들에게 감정 이입이 됐다.

그때, 뒤에서 달려들던 한 무인이 뒤도 돌아보지 않고 내뻗은 염악종의 발차기에 턱을 맞았다.

빠악!

듣기만 해도 몸서리치는 소리다.

"으! 아프겠다."

"며칠 동안은 골이 얼얼하겠군."

이번에는 염악종의 등에 매달렸다가, 염악종이 그대로 몸을 띄워 등을 땅에 박자 대자로 뻗은 무인이 보였다.

"온몸이 박살 났겠군."

"내가 보기엔 족히 사흘은 못 움직일걸?"

그렇게 얼마 보지도 않았건만, 염악종의 주위에 쓰러진 사람의 수는 백 명을 훌쩍 넘었다.

이제 남아 있는 자는 눈치만 보며 쉽게 달려들지 않았다.

그제야 구경만 하던 백랑사단의 무인들이 그들을 향해 달려들었다.

"한 놈이라도 놓치면 안 된다."

＊　＊　＊

단월도, 신월도와 더불어 삼대도라 불리는 만월도(滿月刀) 앞에 백리운이 멈춰 섰다.

그 수많은 건물들 중 기척이 느껴지는 곳은 한가운데 있는 대청뿐이었다.

'다 나간 건가?'

아무래도 백랑사단의 무인들을 찾아 나간 듯 이 안에선 한 사람의 기척만 느껴졌다.

'제법 솜씨가 있군.'

대청 밖에서, 어느 정도 거리가 있음에도 날카로운 기도가 생생히 느껴졌다.

이전에 겪은 단월도와 신월도의 주인들보다 더 높은 경지였다.

비록 큰 차이는 아니지만, 그것만으로도 다른 두 주인을 압도하기엔 충분했다.

필시 만월도의 주인일 터.

백리운이 그 대청을 향해 몸을 날렸다.

잘 정돈된 수염과 점잖은 인상의 중년인이 대청 안에서 눈을 감고 가부좌를 튼 채 앉아 있었다. 그리고 그의 앞에는 그의 체격만큼이나 단단해 보이는 도가 바닥에 거꾸로 박혀 있었다.

기둥째 뽑아 만든 것처럼 큼지막한 도였다.

게다가 도신을 타고 은색빛이 은은히 흐르는 게 한눈에 보기에도 심상치 않은 도였다.

그것은 일평생 만월도를 이끈 공적을 인정받고 나시우에게서 하사한 만구병악도(萬究幷鍔刀)였다. 본래 만구병악도는 현월교의 것이지만, 나시우가 특별히 그를 위해 하사한 것이다.

그 중년인은 만월도의 주인 북궁호였다.

그런 그가 슬며시 눈을 뜨며 눈앞에 있는 만구병악도를 바라봤다.

"아직인가?"

지금쯤이면 침입자를 잡았다는 소식과 함께 부하들이 돌아올 때가 됐는데 코빼기도 보이지 않았다.

"백리세가의 사람이라 그런가? 이번 침입자는 생각보다 걸리는군."

그가 다시 눈을 감으려고 할 때였다.

"음?"

문득 바닥에 비친 만구병악도의 그림자에 다른 그림자가 드리웠다.

사람의 형상을 갖춘 길쭉한 그림자.

그 그림자가 뻗어 나온 곳으로 보아 자신의 뒤에 서 있음을 유추할 수 있었다.

그런데도 북궁호의 얼굴엔 당혹하는 기색이 조금도 보이지 않았다. 오히려 차분히 묻기까지 했다.

"이런 늦은 시간에 무슨 일로 오셨소?"

"놀라지 않았나 보군."

"놀랄 이유라도 있소?"

"글쎄, 너를 죽이려 온 거라곤 생각 안 해 봤나?"

"그럴 거라면 이리 내 뒤에 서기 전에 죽였을 거라고 생각하오. 이렇게 그림자를 흘리는 게 아니라."

그 뒤에 서 있던 백리운의 눈썹이 꿈틀거렸다.

"내가 그림자를 흘렸다고 생각하나?"

"기척을 속이고 내 등 뒤까지 왔소. 그런데 그런 고수가 그림자를 흘리는 실수 같은 걸 할 리 있겠소? 그건, 삼류 자객들도 기본적으로 지키는 바이오."

"그렇군. 일리가 있어."

그 말에 북궁호가 피식 웃었다.

"무슨 일로 오신 것이오? 설마, 이리 대화를 나누자고 온 것은 아닐 테고."

"만월도가 조용히 있어 주면 해서."

"아, 백리세가의 사람이었소?"

"그런 셈이지."

가만히 그 목소리를 듣던 북궁호가 슬쩍 고개를 틀었다.

"목소리가 젊소이다."

"나이가 젊으니까."

"누군지 물어도 되겠소?"

"백리운이라고 한다."

북궁호의 얼굴에 처음으로 흠칫 놀라는 기색이 보였다.

"백리혼이 이끄는 백랑사단만 침입한 줄 알았소만, 동쪽 땅의 대표가 오셨구려."

"그런 셈이지."

"소가주의 명성은 익히 들었소이다."

"개차반이라는 거 말인가?"

북궁호가 넌지시 웃었다.

"내가 들은 것은 그런 것보다는 철하부를 멸문시켰다는 것에 가깝소만."

"그러고 보니 철하부도 북쪽 땅이었군. 그곳의 장문인과 아는 사이라도 되나?"

"그건 아니오. 사실, 철하부 쪽 사람을 마음에 들어 했던 적이 없소. 그곳의 장문인이 팽가의 사람이라 그런지, 그곳의 제자들까지 성정이 거칠더구려."

"걔네들이 좀 거칠긴 했지. 그래도 같은 북쪽 땅 사람끼리 싫어할 줄은 몰랐군."

"허어, 땅은 넓고 사람은 많소이다."

"하긴, 우리 동쪽 땅에서도 나를 싫어하는 사람이 많았지."

"지금은 없나 보오?"

"있어도 뭐 어쩌겠어? 쥐 죽은 듯이 살아야지. 그게 싫으면 동쪽 땅을 떠나면 되고."

"그렇구려."

그때, 창틈으로 서광이 스며들었다. 그것은 곧 있으면 해가 떠오를 것이라는 조짐이었다.

"아쉽지만, 우리의 대화는 여기까지인 것 같군."

"그렇소?"

그 순간, 북궁호는 손을 뻗어 만구병악도를 잡음과 동시에 앞으로 튀어 나갔다. 그러곤 천천히 뒤돌며 백리운을 노려봤다.

"왜 가만히 있었소? 소가주의 무위라면 내가 만구병악도에 손을 대기도 전에 나를 쳐 낼 수 있었을 텐데……. 혹 일부러 봐준 것이오?"

"그래도 대화까지 나눴는데, 한 번쯤 발악할 기회는 줘야지."

그 말이 끝나기 무섭게 북궁호는 내공을 쥐어짜 내듯 끌어올렸다.

만구병악도를 타고 쭉 일어나는 엄청난 기세가 대청 전체를 흔들어 놓았다. 그대로 놔둔다면 대청의 지붕을 뚫고 저 하늘로 솟아날 것만 같았다.

"아쉽군. 자네 같은 사람이 우리 동쪽 땅에 있어야 하는데. 이제라도 넘어오는 게 어떤가? 내 자네에게 충분한 자리를 줄 생각이 있네만."

"제의는 고맙소만, 내가 모시는 분은 오직 나시우 그분뿐이오."

"충성심까지 갖췄군. 더 마음에 들어."

그에 덤덤히 미소를 지은 북궁호가 가슴 앞에 세워 둔 만구병악도를 돌연 우측으로 휘둘렀다.

후웅!

만구병악도를 따라 일어난 묵직한 바람이 무시무시한 속도로 우측 벽을 향해 날아갔다.

'성공이다!'

벽에 닿기 직전 그 거대한 바람 앞으로 손을 뻗고 있던 백리운이 솟아났다.

후우우우우!

그 엄청난 압력을 가진 도풍이 백리운의 손안으로 빨려 들어가더니 잔잔한 미풍이 되어 지나갔다.

그 도풍 안에 담긴 진기를 해소시켜서 풍압을 떨어트린 것이다.

웬만한 고수는 따라 하는 것조차 힘든 수법이다.

북궁호 역시 경악에 물든 얼굴로 백리운을 쳐다봤다.

"허어! 어찌 그런……"

"일부러 소란을 피워 북쪽 땅의 시선을 끌 생각이었군."

"내 등 뒤까지 다가오는 걸 나는 느끼지 못했소. 그것만 봐도 내가 상대할 수 없는 사람이란 건 알고 있소."

"그래서 이런 짓을 꾸민 건가?"

"정확히 말하자면, 북쪽 땅의 시선보다는 현월교의 시선이 필요했소. 다른 곳도 아니고 삼대도 중 한 곳에서 큰 소란이 일면 현월교도 움직일 거라 생각했소. 그 전까지는 현월교 측에서 사소대와 삼대도를 믿고 움직이지 않기 때문이오."

백리운이 그를 지그시 노려봤다.

"나의 호의를 이런 식으로 이용하다니."

"어쩔 수 있겠소? 소가주가 아무리 호의를 베풀어도 결국엔 적 아니오?"

"그런 생각은 마음에 드는군. 그럼 내가 손을 쓰는 것에 대해 딱히 불만이 없겠군."

그 말에 북궁호가 굳건한 기세를 키우며 만구병악도를 두 손으로 꽉 쥐었다.

"쉽게 당해 줄 생각은 없소이다. 오시오. 최대한 시간을…… 흡!"

갑자기 눈앞에서 솟아난 백리운이 만구병악도의 몸통을 먼지 털어 내듯 툭 쳐 냈다.

까앙!

무슨 망치로 후려친 것처럼 만구병악도가 쏜살처럼 튕겨져 나갔다.

"윽!"

너무 세게 쥐고 있던 터라 하마터면 손아귀가 찢어질 뻔했다.

쾅!

우측 벽에 만구병악도가 꽂히며 쩌어억 금이 가기 시작했다.

그러나 북궁호는 그곳을 향해 고개를 돌릴 수가 없었다. 번개처럼 쑥 들어온 백리운의 손이 그의 목을 움켜쥐고 끌어올렸기 때문이다.

"커억!"

북궁호는 얼굴이 보랏빛으로 질려 희미하게 떨기만 했다.

목구멍을 조르는 엄청난 악력 때문에 내공도 수그러들었다.

그렇게 시간이 지날수록 그의 눈에선 흰자위만 보였고, 쩍 벌어진 입에선 게거품이 바글바글 차올랐다.

그대로 북궁호의 의식이 흐릿해지는 순간, 백리운이 손을 쏙 뺐다.

털썩.

백리운의 손에서 떨어진 북궁호가 서질 못하고 바닥에 앉은 뱅이처럼 주저앉으며 급격히 숨을 들이마셨다.

"크어!"

어느새 그의 안색도 제 색을 찾아 갔다.

"왜, 왜?"

그 말을 힘겹게 내뱉으며 고개를 들었건만, 보이는 것은 날카롭게 세운 수도와 씩 웃고 있는 백리운의 얼굴이었다.

"잠시만 눈 좀 붙이고 있어라."

백리운의 수도가 순식간에 북궁호의 뒷목을 쳤다.

퍽!

북궁호는 몸을 한 차례 움찔 떨며 그대로 쓰러졌다. 그리고는 숨만 쌕쌕거릴 뿐 꿈쩍도 하지 않았다.

그런 그를 내려다보던 백리운이 창틈으로 스며드는 빛이 더 커지는 걸 보고 그 앞에 다가가 창문을 활짝 열었다.

저 멀리서 해가 뜨고 있었다. 눈부신 햇살이 온 세상에 퍼지기 시작한 것이다.

"시작했겠군."

뒷일은 사대요단의 몫이다.

이제 자신은 다른 곳으로 가야 한다.

"현월교……."

사대요단이 본격적으로 쳐들어오면, 필시 현월교가 움직일 터.

그 전에 현월교를 막아야 했다. 그래야만 피해를 줄이고 북쪽 땅을 얻을 수 있다.

"가 볼까?"

마음이 동한 순간, 이미 그의 몸은 그곳에서 사라지고 없었다.

* * *

해가 뜨기 직전, 희미한 햇살이 먼저 새벽녘을 밝게 만든다.

그러나 하늘이 점점 밝아 올수록 북쪽 땅과 맞닿아 있는 동쪽 땅의 경계에 머무는 사대요단 무인들의 얼굴은 어두워졌다. 미친 듯이 쿵쾅거리는 심장 때문이었다.

하지만 패도의 가문이라고, 그들의 선봉에 선 백리세가 무인들의 얼굴에는 두려움의 기색이 보이지 않았다.

그중 맨 앞에 선 백리자청의 뒤로 백리혁이 바짝 붙었다.

"형님, 정말 현월교로 가지 않아도 괜찮겠습니까?"

"그래. 현월교는 소가주에게 맡기고 우리는 북쪽 땅에 있는 문파들만 쳐 내면 된다."

"어찌 소가주 혼자 현월교에 보낼 수 있는 겁니까?"

백리자청이 지그시 미소를 지었다.

"소가주는 걱정 말고 사대요단에나 신경 써라. 아무리 각 요단마다 그 수가 이백 명에 이른다지만, 북쪽 땅 전체에 있는 문파에 비하면 턱없이 부족하다. 그런데 이런 와중에 다른 사람을 걱정하고 있는 게냐?"

"아무리 혼이가 그리 말했다고 해도, 소가주 혼자로는 현월교를 상대하기 벅찰 수도 있습니다."

"그리 걱정되면 북쪽 땅을 빨리 점령하고 소가주를 도우러 가면 되질 않느냐?"

그 말에 백리혁이 잔뜩 의욕을 키웠다.

"정신없이 밀어붙입시다. 혼이가 백랑사단을 이끌고 북쪽 땅의 조직을 최대한 흔들어 놓는다고 했으니."

그 말에 백리자청이 고개를 끄덕이고 있을 때였다.

"대백."

뒤에서 누군가 다가오며 읍을 해 보였다.

무정검 백리후였다. 그를 본 백리자청이 눈을 크게 뜨며 물었다.

"네가 여긴 웬일이더냐? 제천검원도 같이 합류하기로 한 것이냐?"

"아닙니다. 제천검원은 여기 동쪽 땅에 남아, 남아 있는 본가의 가족들과 함께 이곳을 지키기로 했습니다."

"그렇군. 자네도 조심하게나. 사대요단과 백랑사단이 빠지게 돼서 자네들끼리만으로는 지키기 힘들 수도 있어."

"소가주께서 동쪽 땅으로 들어오는 역습은 없을 거라 했습니다. 그래도 혹시 몰라 지키는 것뿐이니, 저희는 너무 걱정하지 마시지요."

"소가주가 그랬다면 그런 거겠지."

백리자청이 수긍하며 고개를 끄덕이다가 문득 눈을 찌르는 햇살에 고개를 돌렸다.

해가 떠오르고 있었다. 아주 찬란한 해가 말이다.

* * *

북쪽 땅의 위쪽으로 기다란 눈매와 염소수염을 가진 중년의
사내가 들어섰다.

호리호리한 체격 때문에 유약한 문사에 가까워 보였으나, 그
가 바로 거친 기질의 무인들로 이루어진 적마단의 단주, 백리무
결이었다.

하지만 외모 때문일까? 그가 백리세가를 나타내는 백성지원
이 선명하게 박힌 흑포를 입고 있었음에도 그 부근에 있던 무인
들은 아무런 눈길도 주지 않았다.

그래서 그가 먼저 주변에 보이는 무인들에게 손을 뻗었다.

스슥!

흐릿해진 손이 부채꼴로 퍼지더니 주변에 있는 무인들의 목
에 꽂혔다.

파파파팟!

한 번에 열 명 가까운 인원이 각자 자신의 목을 붙잡고 쓰러
져서는 꺼이꺼이 숨넘어가는 소리만 내뱉었다. 그리고 이미 그
들을 무심히 지나친 백리무결은 그제야 자신을 멀뚱히 쳐다보
는 다른 사람의 몸통을 주먹으로 후려쳤다.

퍼억!

빛살처럼 뒤로 날아간 그 무인은 땅바닥을 미끄러지며 저잣
거리를 가로질렀다.

그제야 주변에 떠돌던 북쪽 땅의 무인들이 백리무결을 향해
살기를 내뿜었다.

"누구냐!"

"여기가 어딘 줄 알고 이런 행패를……."

한 마디씩 내뱉던 무인들이 백리무결의 옷에 박힌 백성지원을 보고 눈을 부릅떴다.

"배, 백리세가!"

그 순간, 다들 약속이라도 한 것처럼 주춤거렸다. 그만큼 백리세가의 이름이 주는 압박감은 대단했다.

저벅저벅.

백리무결이 그들을 향해 한 걸음씩 내딛자, 그들은 한 걸음씩 물러섰다.

현재 새벽에 침입한 백랑사단의 무인들을 찾느라 이곳 경계 부근에는 백리세가의 무인들을 상대할 고수가 안쪽으로 다 빠져 없는 상태였다. 그래서 그들은 백리무결이 누군지도 모르면서 그의 걸음에 놀라 조용히 물러서고만 있었다.

"조무래기들이다. 죽일 필요는 없을 것 같군."

백리무결이 갑자기 걸음을 멈추고 말하자, 그 저잣거리에 이어진 골목길에서 난데없이 이백 명의 무인들이 쏟아져 나왔다.

그들이 입고 있는 흑색 장포 등 쪽엔 하나같이 새빨간 수실로 적마(赤麻)라는 글씨가 새겨져 있었고 그들의 전신에선 걷잡을 수 없는 거친 기세가 콸콸 쏟아져 나왔다.

애초에 그들은 기운을 숨길 생각이 없었다. 마치 당당히 자신들이 쳐들어왔다는 소식을 알리려는 것 같았다.

"저, 적마단······."

누군가 속삭이듯 중얼거리자, 그 저잣거리에 있는 북쪽 땅 무인들의 얼굴이 새파랗게 질렸다.

그들도 익히 들어 와서 안 것이다.

사대요단이 부활했고, 그중 가장 거칠다는 적마단의 무인들이 지금 눈앞에 있다는 걸 말이다.

타앗!

일제히 땅을 박차고 몸을 날리는 그들.

무려 이백 명에 달하는 무인들이 한 번에 달려드니, 그곳에 있던 북쪽 땅의 무인들은 혼비백산하여 멍하니 서 있었다. 도저히 그들을 상대로 이길 수 있을 것 같은 생각이 들지 않았기 때문이다.

콰콰콰쾅!

저잣거리를 꽉 채운 먼지구름을 뚫고 밖으로 나온 백리무결은 더 안쪽으로 걸어가기 시작했다. 그리고 그의 뒤로 먼지구름 속에서 적마단의 무인들이 끝없이 나왔다.

그렇게 거침없이 진격하던 적마단이 안쪽으로 들어서다 돌연 멈칫 섰다. 그들의 앞으로 새벽 내내 뛰어다녔던 북쪽 땅의 무인들이 나타났기 때문이다.

아직도 북쪽 땅의 무인들은 흔적도 없이 사라진 백랑사단의 무인들을 찾고 있었는데, 갑자기 북쪽 땅 가장자리에서 굉음이 터져 나오니 그곳으로 향해 몰려든 것이었다. 그래서 그곳에서 나오고 있던 적마단의 무인들과 부딪친 것이다.

"적마단?"

그들은 바깥쪽에 있던 무인들과 달리, 적마단을 보고도 물러서지 않았다. 적마단보다 많은 인원수도 인원수였지만, 여기 모인 자들은 백랑사단의 무인들을 직접 잡으려고 했던 만큼 다들 한가락 하는 자들이었기 때문이다.

그런 그들을 둘러보는 백리무결의 시선이 심상치 않았다.

'이제 본격적인 시작인가?'

백리무결은 피부가 찌릿찌릿 달아올랐다.

이제야 본능이 깨어나며 상황을 심각하게 받아들인 것이다.

"진세를 펼쳐라."

그가 나직이 읊조린 말에, 그의 뒤에 있던 적마단의 무인들이 널찍하게 흩어졌다.

얼핏 보면 제멋대로 흐트러진 듯하나, 그 안에서 묘하게 질서를 갖췄다. 그래서 한 사람이 움직이면 연달아 이백 명의 무인들 전체가 꿈틀거렸다.

마치 그물망처럼 사방에 퍼져 있는 적마단의 무인들.

일전에 백리운이 남겼던 적마황각진(赤魔荒角陣)이었다.

그 진세를 갖추자, 태산과도 같은 막대한 기운이 쏟아지며 피에 굶주린 금수의 광기가 폭발하듯이 뿜어져 나왔다. 그리고 그 광기는 진세 안에서 더욱 거칠게 타올랐다.

고오오오!

적마황각진이 모습을 드러내자, 덤덤하던 북쪽 땅의 무인들의 안색이 달라졌다.

"흐음."

"이건……."

곳곳에서 침음이 흘러나왔고, 점점 본능적으로 기세를 키우는 사람들도 나타났다.

적마황각진의 거친 광기가 그들을 자극한 것이다.

하지만 그들의 수가 이백 명을 훌쩍 넘었기에, 크게 흔들려 보이진 않았다.

그것이 마음에 안 들었는지, 백리무결이 입을 찢어져라 벌리며 고함을 터뜨렸다.

"쳐라!"

쩌렁쩌렁 울리는 그의 목소리가 가시기도 전에, 적마단의 무인들이 진형을 유지한 채 몸을 날렸다.

어떤 사람은 담장을 타고 뛰어가기도 하고, 또 어떤 사람은 지붕 위로 날아들기도 했다. 하지만 그렇게 대규모로 움직이는데도 진형이나 진세가 전혀 흐트러지지 않았다.

오직 그 하나만 훈련한 덕에 몸에 자연스럽게 밴 것이리라.

그리고 그런 적마황각진의 광기는 그대로 북쪽 땅의 무인들을 덮쳤다.

쿠카쾅!

해일처럼 밀려드는 공세가 땅거죽을 일으키고, 온갖 건물들을 모래성처럼 와르르 박살 냈다. 그리고 그 안에 있는 북쪽 땅의 무인들을 미친 듯이 몰아치기 시작했다.

차차창!

번뜩이는 날이 태풍처럼 사방을 휩쓸었다.

그 거친 공세를 피해 몸을 뒤로 물린 북쪽 땅의 무인들은 돌연 위에서 튀어나오는 적마단의 다른 무인 때문에 계속 뒤로 물러나야만 했다.

"제, 제기랄!"

마치 여러 사람을 혼자 상대하는 기분이 들었다.

한번 피하면 멈추지 못하고 계속 피해야 한다. 그렇다고 맞서 싸우자니 사방에서 날아드는 공세를 혼자 모두 쳐 낼 수는 없었다.

바로 옆에 같은 북쪽 땅의 무인들이 있건만, 그 사람들은 꼭 자신만 공격하는 것 같았다.

사실, 그건 북쪽 땅의 무인들이라면 누구나 겪는 현상이었다. 다들 도와주지 않는 주변을 탓하며 적마단의 무인들을 상대하고 있었다.

캉!

적마단 무인의 검을 강하게 쳐 내며 몸을 들이밀면 갑자기 양옆에서 무서운 속도로 찔러 들어오는 창이 있었다.

그대로 공격을 이어간다면 그 창에 양 갈비뼈가 꿰뚫릴 것이리라.

결국, 그 북쪽 땅의 무인은 다시 뒤로 빠져야 했다. 그럼, 그 자리에 방금 전에 밀려난 적마단의 무인이 다시 나타났다.

그런 식의 반복이다 보니 북쪽 땅의 무인들은 조금도 승기를 잡지 못했다.

'뒤에 몇 놈이나 숨어 있는 거지?'

앞을 가리고 있는 놈들 때문에 그 뒤를 받쳐 주는 놈들이 몇 명인지 감을 잡을 수 없었다.

참으로 이상했다. 수적으로 밀릴 게 아닌데, 수적으로 밀리는 느낌이었다.

게다가 적마황각진에서 튀어 오르는 광기 때문에 상대하고 있는 적마단 무인의 눈이 점점 이상해지는 것 같았다.

카카카캉!

날과 날이 부딪치며 불꽃이 일어났다.

겉만 보면 백중지세를 이루는 듯했으나, 북쪽 땅의 무인은 죽을 맛이었다.

분명 객관적인 무위는 자신이 더 높은 것 같았는데, 상대가 방어를 하지 않고 미친 듯이 공격만 퍼부으니 어찌할 방도가 없었다.

촤악!

틈을 노리고 검을 뻗어 어깨를 살짝 베었건만, 그 적월단의 무인은 조금도 멈칫하지 않았다.

"이런, 미친놈들!"

오히려 그 상처 때문에 뜨겁게 달아오른 듯 적마단 무인의 칼질이 더 거세게 변했다.

촤차창!

아래부터 올라온 적마단 무인의 칼을 사방에서 날아온 세 무기가 동시에 막아섰다.

그극!

그에 칼이 움직이지 않자, 그 적마단 무인은 냅다 몸을 날려 어깨로 북쪽 땅의 무인을 가격했다.

퍽!

그들은 정말 몸을 아끼지 않고 내던졌다.

그로 인해 북쪽 땅의 무인들과 엉켜들며 땅에 넘어져도 절대로 피하는 법이 없었다.

그보다 더한 문제는, 시간이 지날수록 그들의 광기가 더 깊어졌다는 것이다.

아무래도 진세를 이룬 덕에 적마단 무인들의 공격에는 살기가 철철 흘렀다. 단순한 베기에도 살기가 깃들어 더욱 날카로워졌다.

마치 그물망이 덮쳐 오듯 북쪽 땅의 무인들을 감싸 안은 적마단의 무인들은 그 기세를 몰아 한곳으로 몰아넣기 시작했다.

그에 지켜만 보던 백리무결이 만족스럽다는 듯이 고개를 끄덕였다.

'적마황각진의 광기는 양날의 검이다. 지금처럼 상대를 몰아붙일 수 있으면 더없이 최고의 수이지만, 저 기세가 끊기기라도 하면 적마황각진의 광기도 수그러들 것이다. 그럼 지금과 같은 위력을 낼 수 없겠지.'

그래도 이곳은 뚫었다는 생각에 백리무결이 잠시 안도하려는 찰나, 북쪽 땅의 안쪽에서 사람들이 밀물처럼 들어왔다.

새벽 내내 백랑사단의 무인들을 찾으려고 북쪽 땅 이곳저곳에 퍼져 있던 자들이 싸움 소리를 듣고 몰려든 것이다. 문제는 그들의 잘 다듬어진 기도도 기도였지만, 지금 이곳에 있는 북쪽 땅의 무인들의 몇 배나 되는 인원수였다.

아무리 적마황각진의 광기가 있다고 해도, 저들을 적마단 혼자 상대할 순 없었다.

그 순간, 백리무결의 신형이 누가 잡아끌기라도 한 것처럼 일직선으로 솟구쳤다.

뒤이어 그가 양손을 떨치자, 그의 손에서 부드러우면서도 거센 장력이 일어났다.

콰콰콰콰쾅!

빛살처럼 날아든 장력이 땅에 처박히며 땅을 헤집어 놓았다.

들썩이는 땅거죽과 그 아래에서 파헤쳐진 흙더미가 바위처럼 솟아났다. 이곳으로 달려드는 북쪽 땅 무인들의 길을 막은 것이다.

하지만 그것은 일시적인 조치일 뿐, 대부분이 땅을 박차고 튀어 올라 엉망이 돼 버린 땅을 훌쩍 건너뛰었다.

"흐음."

혼자 달려들기에는 너무 많은 숫자다.

그들이 가세하자 판도는 달라졌다.

적마황각진의 기세가 조금씩 수그러들고, 진형은 흐트러지기 시작했다.

"올 때가 됐는데."

잠시 시간을 가늠해 보던 백리무결의 고개가 반대쪽으로 돌아갔다.

"왔다!"

그의 표정이 밝아짐과 동시에, 그의 시선이 향한 대로에서 살쾡이처럼 튀어나오는 중년의 여성과 그 뒤를 따르는 이백 명의 무인들이 있었다.

그들 이백 명의 무인들은 모두 등에 금색 수실로 봉황(鳳凰)이라 박힌 흑포를 입고 입었다. 등에 박힌 글씨만 다를 뿐, 모양이나 색은 적마단의 무인들이 입고 있는 옷과 똑같았다.

사대요단 중에서 차분한 기질을 가진 봉황단의 무인들과 그들을 이끌고 있는 백리선이었다.

그들은 이곳에 나타나자마자 봉황이 날개를 펴듯 양옆으로 퍼지며 적마단이 몰아넣은 북쪽 땅의 무인들을 감쌌다.

봉황익연진(鳳凰翼延陣)을 펼친 것이다.

하지만 그 수가 너무 많아, 봉황단이 감싼 북쪽 땅의 무인들은 일부에 불과했다.

그리고 그때, 줄기차게 나타나는 북쪽 땅의 무인들의 중간을 끊으며 들어오는 자들이 있었다.

그들의 얼굴은 어떠한 감흥도 없이 덤덤히 굳어 있었고, 그들의 공세는 칼로 재기라도 한 것처럼 딱딱 맞아떨어졌다.

일절 어긋남 없이 공세를 퍼붓는 자들.

사대요단 중에서도 냉정한 성정의 소유자들이 있는 백혈단(白血團)이었고, 그중에서도 가장 앞에서 북쪽 땅 무인들의 줄을 끊어 먹은 날카로운 인상의 중년인은 이들을 이끌고 있는 백리청이었다.

앞에서는 적마단과 봉황단이 거세게 몰아치기 시작했고, 뒤에선 백혈단이 지원군을 끊었다.

그럼 나머지 하나는?

"내가 늦었군."

문득 하늘에서 들려오는 목소리.

지붕 위에서 수많은 사람들이 이곳 격전지를 내려다보고 있었다. 그중에는 달처럼 둥근 얼굴형의 사람 좋아 보이는 인상의 중년인이 있었다.

이들 일원단(一元團)을 이끌고 있는 백리관악이었다.

애초에 진중한 사람들만 뽑아서 그런지, 그들은 지붕 위에서 한동안 격전지를 지켜보기만 했다.

"백혈단이 지원군을 잘 끊었고, 한곳에 몰아넣은 북쪽 땅의 사람들을 봉황단과 적마단이 잘 몰아세우고 있군.”

차분히 관조하던 백리관악이 돌연 고개를 휙 돌렸다. 자신의 귀에 다른 움직임이 잡혔기 때문이다.

반대편에서 범람하는 강물처럼 우르르 쏟아져 나오는 무인들.

뒤늦게 상황 파악을 하고 황급히 달려오는 북쪽 땅의 무인들이었다.

그들의 가세로 상황은 변할 것이다.

“제길!”

어쩌면 처음부터 무리였는지도 모른다.

현월교의 무인들이 없다고 해도 팔백 명으로 북쪽 땅 전체를 상대하겠다는 발상이 무리였을지도 모른다.

‘그래도 새롭게 배운 합격진이면 충분히 승산이 있을 거라 생각했는데……’

상대가 너무 많았다.

그가 어디로 뛰어들어야 할지 좀처럼 갈피를 못 잡고 있을 때였다.

“일원단은 백혈단을 도와라. 저기 오는 놈들은 우리가 맡지.”

갑작스럽게 들린 목소리.

그에 화들짝 놀라 몸을 틀어 보니, 저 건너편 지붕에 서 있는 사십 명의 사람들이 보였다.

백리자청과 백리혁 같은 가문의 어른들뿐만 아니라, 동쪽 땅을 지키기로 되어 있던 백리세가의 사람들까지 모두 와 있었던 것이다.

"가, 가주님! 가주님이 어떻게……."

그 말에 백리자청이 입을 열었다.

"지키는 건 제천검원 혼자 충분할 거라 생각해서 내가 데리고 왔느니라."

뒤이어 백리사헌이 백리관악의 반대편에서 뒤늦게 달려오고 있는 북쪽 땅의 무인들을 가리켰다.

"저들은 우리가 맡겠다. 일원단은 어서 가서 백혈단을 도와라."

"예, 알겠습니다."

절도 있게 읍을 한 백리관악이 힘차게 몸을 날려 백혈단이 있는 곳으로 떨어졌다. 그리고 그를 따라 이백 명의 무인들도 백혈단의 무인들 사이로 떨어져 그들을 도와주기 시작했다.

"우리도 가 볼까?"

여전히 지붕 위에 있던 백리자청이 입을 떼며 몸을 돌렸다.

막힘없이 들이닥치는 자들.

그 숫자만 해도 수백 명에 이르렀다.

하지만 지금 지붕 위에 있는 백리세가의 무인들은 얼추 사십 명밖에 되지 않았다. 백랑사단을 핑계로 세가의 젊은 사람들이 다 빠져나갔기 때문이다.

"대백, 그래도 북쪽 땅의 사소도와 삼대도는 보이지 않습니다. 아무래도 백랑사단이 일을 잘 처리한 듯합니다."

"그런 것 같군."

"이제는 우리들이 나서야겠지요."

"오랜만에 몸이나 풀어 보세. 언제 다시 이런 전장을 누벼 보겠나? 껄껄껄."

백리자청과 백리사헌이 동시에 몸을 날리자, 백리세가의 다른 무인들도 똑같이 지붕을 박차고 신형을 날렸다.

여러 마리의 비조가 한데 모여 날아드는 것처럼, 그들의 경공술은 범인이 상상조차 할 수 없는 수준이었다.

그래서 땅바닥을 달리며 들이닥치던 북쪽 땅의 무인들도 하늘에서 내려오는 그들을 무슨 신선이라도 보는 것처럼 경악 어린 눈으로 바라봤다.

차라리 신선이라면 좋았을 것을.

그들의 장포에 새겨진 백성지원을 보고 북쪽 땅 무인들의 눈빛이 미친 듯이 흔들렸다.

쿵!

그들이 일제히 땅에 착지하자 지축이 흔들리는 듯했다.

길을 막고 선 자들이 아무리 사십 명밖에 되질 않아도 그들은 패도의 가문이라 불리는 백리세가의 사람들이다.

어찌 보면 수백 명의 이르는 북쪽 땅의 무인들이 그들을 보고 멈춰 선 것은 당연한 것일지도 모른다.

그런 그들의 표정을 읽은 것일까?

백리자청이 선봉에 나서며 호기 있게 웃어 보였다.

"껄껄껄. 뭐 하고 있는가, 어서 덤비지 않고?"

그러나 그 말에도 수백 명에 달하는 북쪽 땅의 무인들은 꿈쩍도 안 했다.

꿀꺽.

침을 삼키며 서로 눈치만 보고 있었다. 이런 때에 가장 먼저 달려 나가는 것은 방패막이 역할밖에 할 수 없다는 걸 잘 알기 때문이다.

슬금슬금.

그래도 숫자를 믿고 수백 명의 무인들이 조금씩 거리를 좁히기 시작했다.

"자네들이 안 오면, 내가 가겠네."

백리자청이 늙수그레한 손을 소매 밖으로 빼며 앞으로 신형을 날렸다.

겉만 보면 거동하기도 힘들어 보이는 노인네건만, 땅에서 발을 떼는 순간 그의 눈앞에 있는 모든 거리를 지웠다.

단숨에 지척이다. 그의 주름이 생생하게 보일 만큼 가깝다는 뜻이다.

하지만 북쪽 땅의 무인들은 그 짧은 순간 멈칫했다. 백리자청이 그들의 반응 속도를 훨씬 뛰어넘는 속도로 움직인 탓이다.

쓰스슥!

백리자청의 손이 뱀처럼 구불거리며 그들의 전신을 한 차례 쓸고 지나갔다. 그와 동시에 그 손이 지나간 자리 여기저기서 손 그림자가 번갯불처럼 번뜩였다.

퍼퍼퍼퍼퍽!

무차별 난타 소리와 함께 정면에 있는 북쪽 땅 무인들이 뒤로 벌러덩 넘어갔다.

"크악!"

"윽!"

땅바닥에 쓰러진 북쪽 땅의 무인들은 몸 곳곳의 뼈가 부러진 걸 깨닫고 일어설 생각조차 하지 못했다.

그런데 백리자청이 땅바닥에 누워 있는 그들을 밟고 북쪽 땅 무인들이 둘러싸고 있는 안으로 들어오는 것이 아니겠는가?

"으악!"

뼈가 부러진 자리를 밟히니, 지렁이처럼 꿈틀거렸다. 하지만 백리자청은 조금의 사정도 봐주지 않고 그들의 몸을 꾹 밟아 가며 더 깊이 들어갔다.

어느새 백리자청의 주변엔 둥그렇게 둘러싼 북쪽 땅의 무인들뿐이었다. 마치 고립된 것처럼 말이다.

그런데 백리자청의 입가에 진한 미소가 떠올랐다. 무인의 피가 끓어오른 것이다.

"껄껄껄. 모처럼 흥분되는군!"

어느 순간부터 그의 몸에서 패도의 기운이 넘실거렸다.

한 번의 손짓에 세네 명의 무인들이 날아가고, 한 번의 발길질에 다섯 사람의 목이 부러졌다.

사방으로 뻗는 손과 발 때문에 백리자청의 주위로 방원 일 장은 누구도 접근하지 못했다.

그래서일까? 좌측에 있는 무인들을 후려친 백리자청이 궁신 탄영의 수법으로 몸을 튕겨 순식간에 반대편으로 움직였다. 그와 동시에 잔뜩 뭉쳐 있는 북쪽 땅 무인들의 앞에 서서 두 손을 가지런히 내밀었다.

그 순간, 그 두 손을 타고 거센 기운이 흘러나왔다.

막대한 기파가 터지며, 거중유의 기운이 폭발하듯이 한 번에 발산됐다.

콰앙!

땅이 움푹 파이며, 수십 명의 무인이 태풍에 휩쓸리기라도 한 것처럼 튕겨져 나갔다.

그 위력을 말해 주듯 백리자청의 전방 십 장은 텅 비어 있었다.

백리추가 백월도의 무인들을 상대로 펼쳤던 발공타산(發功打山)이었다.

하지만 위력은 그와 비교도 할 수 없을 만큼 무지막지했다.

그리고 그는 백리추처럼 숨을 헐떡거리지도, 식은땀을 흘리지도 않았다. 마치 악사처럼 내공의 완급을 잘 조율한 것이다.

"……"

일순간, 사방이 조용해졌다.

그 엄청난 일격을 보고도 백리자청에게 덤벼들 사람은 없었다.

쾅쾅!

백리자청이 서 있던 땅이 폴싹 무너져 내렸다. 그가 뿜어내는 기운을 이겨 내지 못한 것이다.

할 수 없이 그곳에서 물러선 백리자청은 다시 방긋 웃으며 말했다.

"어서, 오래도."

백리자청이 북쪽 땅의 무인들에게 둘러싸여 있는 사이, 백리세가의 다른 무인들은 가장자리에서 북쪽 땅의 무인들을 쳐 내고 있었다. 상대가 많은 만큼 나름대로 힘을 조절 중이던 것이다.

문제는 백리자청이 보여 준 일격이 너무나도 대단해서 상대적으로 약해 보이는 이들에게 북쪽 땅의 무인들이 몰린 것이다.

"허허, 이것들이 우리를 우습게 보는 것 같군."

그중 하나였던 백리혁이 하늘로 통 튀어 오르며, 백리자청이 있는 곳을 향해 떨어졌다.

쾅!

지축을 흔들며 착지한 백리혁은 조금의 틈도 두지 않고 백리자청이 공격을 퍼붓는 반대편으로 연달아 주먹을 휘둘렀다. 그러자 거세게 일어나는 권력(拳力)이 연속으로 뻗어 나오며, 가장 앞에 있는 무인의 몸에 적중됐다.

콰콰콰쾅!

그 주먹에 일어난 충격이 그 뒤에 있던 무인들까지 바람에 휩쓸린 갈대처럼 넘어뜨렸다.

"으아악!"

일제히 한 방향으로 넘어가서 그런지, 북쪽 땅의 무인들이 허겁지겁 몸을 일으켰다. 그런데 이제 막 일어선 그들의 머리 위로 작은 그림자가 생겨나더니, 점점 커지는 게 아닌가?

그러더니 엄청난 파공음까지 울렸다.

후우우!

그에 고개를 올려 보니 두 발을 엮어 허공을 내려찍고 있는 백리사헌이 유성우처럼 떨어지고 있었다.

쾅!

땅거죽이 뒤집어지며, 한 번 넘어졌던 자들이 또다시 팔랑개비처럼 넘어갔다.

문제는 그만이 그런 게 아니라는 것이다.

보다 못한 백리세가의 다른 무인들도 제 무덤을 파는 것처럼 수백 명의 북쪽 땅 무인들이 뭉쳐 있는 곳으로 몸을 날렸다.

그래서 그들은 주변을 삥 둘러싼 북쪽 땅의 무인들을 홀로 상대해야 했다. 그런데도 그들의 얼굴에는 여유가 흘러넘쳤다. 아직까지는 말이다.

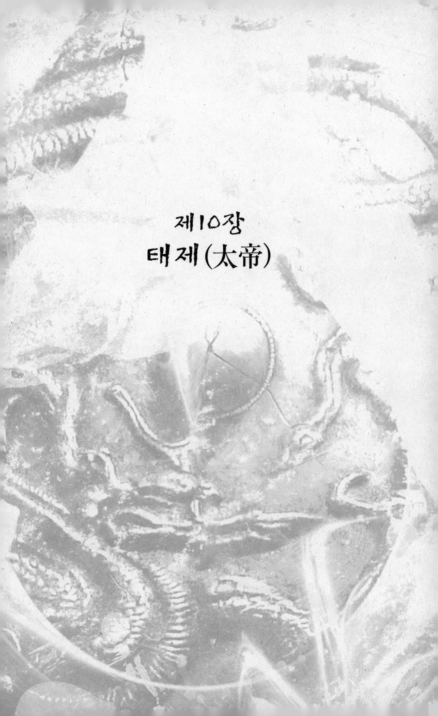

제10장
태제(太帝)

지금으로부터 두 시진 전.

그때의 시간은 밤과 새벽의 경계에 머물고 있었다.

보통 그때쯤 되면, 사람의 활동이 푹 꺼지기 마련이다. 그리고 그만큼 그 시간대가 가장 위험한 때이다. 언제 살수들이 침입할지 모르고, 언제 반란이 일어날지 모른다. 특히, 현월교처럼 그러한 일이 자주 발생하는 곳이라면, 그러한 시간대를 신경쓰기 마련이다.

그래서 지금처럼 중요한 장소인 금지(禁地)를 지키는 자들은 그때가 되면, 사소한 소리 하나에도 민감하게 반응한다.

그런데 어둠이 내려앉은 곳에서 느닷없이 발소리가 들려왔다.

저벅저벅.

뚜렷이 들리는 발소리.

그에 금지 앞에 있던 열 명의 사내들이 도를 빼 들고 어둠을 겨누었다.

"나다."

어둠 속에서 튀어나온 목소리는 현월교의 소교주인 나시우의 것이었다.

"오셨습니까?"

그 목소리를 들은 사내들이 도를 집어넣으며 읍을 해 보였다. 그에 어둠을 헤치고 걸어 나온 나시우가 고개를 끄덕이며 금지를 향해 걸어갔다.

그가 지나갈 때까지 그곳을 지키던 자들은 한 마디도 하지 않았다. 하지만 그가 지나가자마자 기다렸다는 듯이 말했다.

"도대체 저기에 뭐가 들어 있어서 이런 새벽까지 들락날락하지?"

"궁금하면 들어가 보든지."

"내가 미쳤냐? 저기 들어갔다가 뼈만 돼서 나오게?"

이미 현월교 무인들 사이에서는 유명한 장소였다.

어떠한 자든, 들어가는 순간 생기가 쭉 빨려 나온다. 몸이 텅 빈 것처럼 진기도 없다.

그럼에도 금지로 들어가는 이유는 하나였다. 그곳에 현월교의 초대 교주가 남긴 힘이 있기 때문이다.

그것은 공공연연한 비밀로, 이미 현월교 사이에서는 유명한 이야기였다.

그래서 권력 싸움에서 밀려난 사형제들이 그 힘을 얻어 반전을 꾀하기 위해 가장 많이 들어간다. 하지만 지난 천 년이 지나도록 단 한 명도 멀쩡히 살아 나오는 사람은 없었다. 오직 나시우를 제외하고 말이다.

그는 스스로 지금의 자리에 앉으면서도, 만족하지 못한 듯 더 강한 힘을 갈망했다. 누구도 넘보지 못할 극강의 힘을 말이다.

그리고 그 갈망은 백리극의 등장으로 더 심해졌다.

소군자 백리극.

그는 어느 누구도 자신의 발아래 둘 자격이 있었다. 그리고 그것은 나시우가 그토록 원하는 것이었다.

그래서 그가 죽고 두 번째 기회가 찾아왔을 때, 다시는 이런 일이 생기지 않으리라 다짐하고 들어섰다. 아버지인 교주가 허락한 것도 있지만, 그 스스로 금지로 들어가 당당히 살아 나왔다. 그리고 지금까지도 금지를 들락날락했다.

돌로 만든 비석 두 개가 나란히 서 있는 곳으로 나시우가 발을 들이밀었다. 그러자 안 그래도 어두운 세상이 캄캄하게 변하며 사위를 감싸 안았다.

아무리 안력을 키워도 그 어둠은 뚫리지 않는다.

하지만 특별히 해가 될 건 없었다. 피부에 닿아도 공기처럼 아무런 해도 없었다.

문제는 그 어둠이 아니었다. 그 어둠을 뚫고 들어가면 나오는 것이었다.

반듯하게 깎인 바위 위에 한 노인이 눈을 부릅뜬 채 가부좌를 틀고 앉아 있었다. 피부도 생생했고, 머리카락에도 윤기가 흘렀다.

하지만 아무리 그 노인을 보고 있어도 살아 있다는 느낌보다는 박제된 인간처럼 느껴졌다.

그런데 그 노인 앞에 선 순간, 그 노인의 눈에서 살벌한 안광이 뿜어짐과 동시에 손에서는 나시우를 끌어당기는 기운이 뿜어져 나왔다.

"헛!"

그 이끌림은 저항할 수 없을 만큼 커서 나시우조차 온몸이 휘청거리며 끌려갔다.

턱!

그 손에 흡착된 나시우는 밑도 끝도 없이 몸으로 들어오기 시작한 미증유의 거력을 느끼고 현월교의 소교주만 익힐 수 있는 태청만월공을 운용했다.

단전에 떠오른 청명한 달의 기운.

그 기운이 몸속을 돌기 시작하자, 노인의 손을 통해 들어오는 미중유의 거력이 자연스럽게 태청만월공을 따라 움직이기 시작하면서 조금씩 한 몸으로 합쳐졌다.

만약 조금만 늦었다면 이 미중유의 거력에 휘말려 모든 기력을 빼앗겼으리라.

그것이 이곳에 들어온 모든 사람들이 죽어 나가는 이유였다.

장강의 물결처럼 온몸을 휘몰아치는 미중유의 거력에 휩쓸려 몸속에 있던 진기를 빼내 간다.

그걸 버티기 위해선 극성에 달한 태청만월공을 운용해야 했다.

그럼, 지금처럼 그 미중유의 거력이 진기를 빼 가지 않고 몸속에 정착했다.

지난 며칠 동안 꾸준히 미중유의 거력을 흡수해 왔다. 이제는 차기 경합을 알리는 폭죽까지 터졌으니 더 이상 미룰 수 없었다.

오늘 내로 이 모든 기운을 빨아들여야 했다.

"후우우."

나시우는 길게 한 호흡 내뱉으며 눈을 감았다. 그러곤 온몸의 신경을 그 미중유의 거력에 모았다. 그와 동시에 태청만월공의 기운을 폭발적으로 끌어올렸다.

우웅!

태청만월공의 운용으로 떠오른 청명한 달의 기운이 몸속을 진동시켰다.

그만큼 거세게 움직이고 있다는 뜻이리라.

지금까지 운용했던 속도보다 배 이상 끌어올렸다. 그러자 노인의 손에서 흘러나오는 그 미증유의 거력도 콸콸 쏟아져 들어왔다.

그 순간, 몸이 터질 것 같은 고통이 느껴졌다.

온몸에 힘줄이 서며 주체할 수 없는 떨림이 시작됐다.

부르르.

사시나무처럼 떨기 시작한 나시우는 이를 악물고 그 떨림을 억누르려고 했다. 하지만 그럴수록 몸속을 일주천하는 그 미중유의 거력은 더 크게 꿈틀거렸다.

하지만 나시우는 온몸이 터져 나갈 것 같은 고통 속에서도 차분하게 그 미중유의 거력을 받아들이고 있었다.

무려 한 시진을 그 자리에서 꿈쩍도 하지 않고 그 미중유의 거력을 모두 받아들였다. 노인의 몸에 남아 있는 한 방울의 기운까지 뿌리째 뽑아 버린 것이다.

나시우가 번쩍 눈을 뜨며 몸속에서 잔잔하게 흐르고 있는 미중유의 거력을, 아니 이제는 태청만월공의 일부가 된 그 어마어마한 힘을 관조했다.

"이 정도면······."

소군자 백리극을 뛰어넘는 힘이다.

그런 생각이 들자, 백리극이 엄청난 괴물이었단 걸 새삼스럽게 다시 느끼게 됐다.

부스스!

갑자기 등 뒤에서 날아온 가루에 뒤돌아보니 손을 뻗은 자세로 굳어 있던 노인의 몸이 가루가 되어 바람에 흩어졌다.

그 몸속에 간직하던 미증유의 거력 때문에 유지되던 외양이다. 이제는 그게 없으니 사라지는 것은 어찌 보면 당연한 것이리라.

나시우는 자신의 백색 장포에 묻은 가루를 털어 내며 자리에서 일어섰다. 그러곤 노인이 있던 바위에 정중히 포권을 취했다.

"선조에게 올리는 내 마지막 인사요."

뒤이어 그는 바위를 지나 더 깊은 안쪽으로 들어갔다.

뚜벅뚜벅.

얼마 가지 않아 둥그런 공터가 나왔다. 그리고 그 공터의 중심에는 반듯하게 잘려져 나간 나무토막이 있었고, 그 위에 한 장의 종이와 한 권의 서적이 있었다.

나시우는 이미 여러 번 왔던 곳인 만큼 서슴없이 다가가 서적을 들었다.

현월도법(弦月刀法)

거창할 것 없이 간단명료한 이름이었다.

사악.

첫 장을 넘기니 현월도법에 관한 간단한 설명이 나와 있었다.

구구절절 이어진 설명.

이미 수없이 봐 왔다. 그럼에도 적응 안 되는 이름이 있었다.

'묵천마교……'

그 전설 속의 문파가 지금 이 서적에서 거론되고 있었다.

나시우는 일부러 그 문파 명을 못 본 것처럼 다음 장으로 빨리 넘겼다. 그리고 또 넘겼다. 그러다가 책을 덮고는 다시 나무 토막 위에 놓았다.

'만약 다른 사람이 봤다면 수십 년이 지나도 못 익혔겠지.'

그만큼 현월도법의 묘리는 어려웠다.

단 삼 초식뿐이었지만, 그것만으로도 평생을 매달려야 했다. 그리고 평생이 지나도 삼 초식을 펼칠 수 없을지도 모른다.

하지만 나시우는 다르다. 그는 이미 현월교 무공의 극의를 깨우친 자.

그런 자의 눈을 통해 본 현월도법은 소름이 끼치도록 간결했고, 온몸을 떨어 울릴 만큼 대단했다. 그래서 나시우는 현월도법의 근원을 파고들 수 있었고, 단 며칠 만에 익힐 수 있었다.

만약 그 서적 옆에 같이 놓여 있던 종이가 아니었다면, 이 현월도법은 현월교의 초대 교주가 말년에 깨달음을 얻고 창안한 무공이라고 생각했을 것이다.

하지만 진실은 그렇지 않았다. 상상도 하지 못할 냉정한 진실이 그 종이에 적혀 있었다. 할 수만 있다면 이 종이를 못 본 척 찢어 버리고 싶었다. 그만큼 그 종이에 적힌 내용은 충격적이었다.

스윽.

나시우는 천천히 그 종이를 들어 쓱 읽어 내려갔다.

이미 여러 번 읽었음에도 충격은 덜 하지 않았다.

'묵천마교.'

저 노인의 이름은 나기악으로, 과거 묵천마교의 세 계파 중의 하나였던 현월단의 단주였다. 그리고 지금의 현월교를 세운 장본인이기도 했다.

그는 묵천마교의 태제가 다시 묵천마교를 부활시킬 날만 기다렸다며, 그때까지 태제를 위해 현월교를 만들고 다스렸다. 그리고 자신의 뒤를 이어 현월교를 이끄는 후인을 위해 자신의 몸에 진기를 놔둔 것이다.

그러니 자신의 진기를 이어받은 후인은 자신의 뜻을 따라 묵천마교의 태제를 보좌하라고 적혀 있었다.

나시우는 신경질적으로 그 종이를 내려놓으며 고개를 저었다.

'터무니없군.'

이미 천 년 전에 멸문한 문파의 주인을 어찌 보좌하란 말인가?

하지만 확실한 것은 저 현월도법에서 현월교의 모든 무공이 파생했다는 것이다. 그리고 그가 남긴 미중유의 거력 또한 자신이 지금껏 느껴 보지 못한 힘이었다.

단순히 노인이 말년에 노망나서 적었다고 치부하기엔 이러한 것들이 마음에 걸렸다.

'묵천마교라니……'

나시우는 어이가 없다는 듯 고개를 저으며 뒤돌아 그곳을 나왔다.

이제 완벽한 새벽이 된 하늘은 새파란 어둠에 잠식되었다.

그리고 그때, 금지 밖으로 나온 나시우는 그 앞에서 서성이고 있는 제갈천을 보고 눈살을 찌푸렸다. 그가 아무런 이유도 없이 이런 새벽에 금지까지 올 리 없었기 때문이다.

"무슨 일이지?"

"북쪽 땅에 침입자가 들어왔습니다."

"그게 뭐? 하루 이틀 일도 아니고, 여기까지 와서 보고할 필요 없잖아. 사소도와 삼대도가 알아서 잘 처리하겠지. 차기 회주 경합을 앞두고 조용히 있는 게 더 이상하지."

나시우가 별일 아니라는 듯 걸음을 움직이며 말하자, 제갈천이 바짝 따라붙으며 말했다.

"그 침입자들이 백리세가의 백랑사단이라고 합니다."

그제야 나시우가 멈칫 서며 작게 침음을 흘렸다.

"백랑사단이라고?"

"예. 백리혼이 직접 이끌고 왔다고 합니다."

"그 노인네가 드디어 미쳤군. 어린애들 데리고 뭘 하겠다고……."

제갈천이 심각하게 표정을 굳히며 말했다.

"이상하지 않습니까? 다짜고짜 쳐들어와서 북쪽 땅을 휘젓고 다닌답니다."

"뭐, 그런 거겠지. 백랑사단을 만들었는데, 얼마나 훈련을 잘 받았는지 확인하려고 온 거겠지. 빈번히 있는 일이잖아. 조직이 완성되면 그 조직을 시험하려고 다른 땅에 보내는 거. 적당히 놀아 주면 알아서 물러가겠지."

"저도 처음에는 그리 생각했습니다만, 적월도가 당했다는 보고를 받고 나니 아무래도 무언가 더 있을 것 같다는 생각이 들었습니다."

나시우의 고개가 홱 돌아갔다.

"죽은 사람은?"

"없습니다."

나시우가 다시 앞을 보며 쭉쭉 나아갔다.

"그럼 내 말이 맞는 거군. 일반적으로 그런 경우 죽이진 않잖아."

"예. 그런데 왜 적월도를 이기고도 계속 북쪽 땅을 떠도는지 모르겠습니다."

"젊은 애들이니 피가 끓어올랐겠지. 어차피 다른 이유로 왔다고 해도 사소도와 삼대도 선에서 정리될 일이다. 언제 그런 자잘한 침입자들까지 본교가 관여했던 적이 있더냐?"

하지만 제갈천은 끝까지 탐탁지 않아 하는 표정을 지었다.

"소교주, 혹시 나설란 소저 때문에 그런 겁니까? 동쪽 땅에 있는 나설란 소저에게 해가 갈까 봐, 일부러 그들의 침입을 눈감아 주는 겁니까?"

"눈감아 준 적 없다. 보통 그런 일은 사소도와 삼대도 선에서 처리됐으니 지금도 그리하라는 것뿐이다."

"알겠습니다. 그럼 날이 밝을 때까지만 기다리겠습니다. 그때까지 백랑사단을 잡지 못하면, 제가 직접 본교의 제자들을 이끌고 나서겠습니다."

어느새 처소 앞에 도착한 나시우는 고개를 끄덕이며 문을 열었다.

"그러든가. 난 눈 좀 붙이고 있을 테니, 알아서 처리해."

"예. 그럼 쉬십시오."

제갈천이 정중히 고개를 숙이고선 그곳을 벗어났다.

그로부터 한 시진이 지났다.

햇살이 온 세상에 만연하게 퍼질 무렵.

나시우는 떠들썩하게 들려오는 소리를 듣고 침상에서 일어나 밖으로 나왔다. 그러자 이곳으로 허겁지겁 달려오는 제갈천의 모습이 보였다.

　그의 얼굴은 굉장히 심각해 보였다.

　항상 평점심을 유지하는 그가 이 정도까지 호들갑을 떨다니.

　"무슨 일이지? 백랑사단이 더 큰 말썽이라도 일으켰나?"

　"이젠 백랑사단이 문제가 아닙니다."

　"그럼?"

　"동쪽 땅에서 사대요단이 쳐들어왔습니다."

　"뭣이?"

　그 말에 눈을 부릅뜬 나시우가 곧장 튀어 나가려고 했다.

　"소교주! 아직 보고드릴 것이 남아 있습니다."

　"뭐지? 어서 말해라."

　"백리운도 같이 쳐들어왔습니다."

　"백랑사단에 이어 사대요단까지 움직였으면 당연히 백리운도 왔겠지."

　"그게 아니라, 지금 본교로 혼자 쳐들어왔습니다."

　순간, 나시우는 자신이 잘못 들은 줄 알고 인상을 찌푸렸다.

　"뭐라고?"

　"지금 대문 앞에 혼자 와서 문지기들을 안에 들여보내고, 꿈쩍도 하지 않고 있다고 합니다."

"그게 말이 되나? 여기가 어디라고 혼자 온단 말이냐?"

"정말로 혼자 왔습니다."

꿈쩍하지 않는 제갈천의 눈을 들여다본 나시우는 와락 인상을 구기며 당장 몸을 날렸다.

*　　*　　*

백리운은 미동도 없이 서서 현월교의 대문을 바라보고 있었다.

차갑고 칙칙한 철문.

저 문 너머로 분주하게 움직이는 수많은 기척들이 느껴졌다.

'백아사천 중 하나라 이건가?'

무인들의 수준도 높았고, 인원수도 백리세가에 비교할 수 없을 만큼 많았다.

그래서일까? 백리운은 한동안 꿈쩍도 하지 않고 철문만 하염없이 바라봤다.

겉보기에는 그냥 서 있는 듯하나, 그는 천월의 기운을 펴뜨려, 이 안에서 일어나는 모든 움직임을 읽어 내고 있었다.

그러다가 문득 어마어마한 속도로 다가오는 기운을 느끼고 백리운이 씩 웃었다.

'그새 강해졌군.'

백리운은 그 기운의 주인이 나시우임을 단박에 알아차렸다.

"올 사람은 다 온 것 같군."

백리운이 손을 뻗어 철문을 밀었다.

끼이익.

낡은 마찰음을 토해 내며 거대한 세상이 열렸다.

광활한 대지 위에 옹기종기 모여 있는 건물들.

그리고 그 중심에서 고래 등처럼 솟아 있는 대청.

마치 하나의 섬처럼 뭉쳐 있었다.

얼핏 보기에 한가운데 있는 대청을 둘러싼 것처럼 보였다.

백리운이 철문 안으로 발을 밀어 넣었다.

안으로 들어가자 살벌한 안광을 쏟아 내는 무인들이 뭉쳐서
는 딱 사람 한 명 지나갈 만한 길을 터 주었다.

저벅저벅.

그 길로 들어선 백리운은 양옆에서 금세라도 덤벼들 것처럼
눈을 부라리고 있는 무인들을 지나 저 앞에 보이는 대청을 향해
쭉 들어갔다.

그러는 동안 백리운은 눈 한 번 깜빡 안 하고 걸음을 멈추지
않았다.

고개도 뻣뻣이 들었고, 어깨도 당당히 폈다.

보통 사람이라면 그 길을 지나가는 것만으로도 오금이 저려
서 있을 수 없을 텐데, 그는 끄떡없었다. 또한 대청 주변을 둘러
싼 건물들에서도 살갗을 따갑게 만드는 살기가 해일처럼 밀려
들었건만, 그는 얼굴색 하나 변하지 않았다.

뚝.

그 길을 지나 대청 앞에 선 백리운은 언제나처럼 새하얀 장포를 몸에 걸치고 있는 나시우를 덤덤히 내려다봤다.

"나 없을 때, 우당각에 다녀갔다고 들었다."

대청 문 앞에 앉아 있던 나시우가 그 말을 듣고 피식 웃었다.

"집 나간 동생을 찾으러 갔었지. 그런데 무슨 바람이 불어서인지, 거기 계속 있겠다고 하더군."

"집보다 더 좋은 게 아닐까?"

"글쎄, 뭐가 좋아서 그곳에 남겠다는 건지 모르겠군."

"내가 있었을 때 왔으면, 내가 직접 알려 줄 수도 있었는데."

나시우가 다시 실소를 흘렸다.

"설란이 얘기나 하자고 이 난리를 피운 건가?"

"그건 아니고."

"그럼? 둘이서 결단을 내리자고?"

"그 비슷한 거지."

나시우가 고개를 절레절레 흔들었다.

"아직도 모르겠나? 사사천구끼리 서로 각을 세우면서도 전쟁이 자주 일어나지 않았던 이유는, 이렇게 먼저 움직인 사람이 나머지 두 문파의 목적이 되기 때문이다. 백랑사단과 사대요단이 없는 동쪽 땅을 서쪽 땅과 남쪽 땅에서 가만히 놔둘까?"

"그래야 할걸?"

그 말에 나시우의 뒤에서 섭선을 살살 흔들던 제갈천의 눈빛이 달라졌다.

'무슨 속셈이지? 설마……'

뭔가 퍼뜩 떠오르는 생각에 제갈천이 눈을 부릅떴다.

"우리가 이러고 있는 동안 서쪽 땅과 남쪽 땅도 전쟁을 치를 것 같습니다."

나시우의 눈초리가 날카로워졌다.

"저 말이 사실인가?"

"비슷하지."

"어느 쪽과 결탁한 거지?"

"서쪽 땅."

"의외군. 유아독존인 줄 아는 담무백이 다른 사람의 손을 잡을 줄이야."

"그럴 수밖에 없는 이유가 있으니까."

"아쉬워. 차라리 나에게 제의를 하지 그랬어? 그럼 내가 거리낌 없이 서쪽 땅이든 남쪽 땅이든 쳐 줄 텐데."

백리운이 슬며시 미소를 지었다.

"현월교를 치기 위해 담무백을 찾아갔던 건데……"

"의외로군. 본교를 노리고 있다니. 아직도 그때 내가 찾아갔던 일을 마음에 두고 있는 건가? 그건 네가 내 여동생을 데려간 걸로 잊은 줄 알았는데."

"그런 사사로운 이유 때문이 아니다."

"그럼?"

백리운이 덤덤한 목소리로 말했다.

"내 앞에 머리를 조아리면 알려 주지."

그 말에 어처구니없다는 듯이 나시우가 고개를 젖히기까지 하며 웃었다.

"하하하하!"

그 웃음소리가 끝나기도 전에 나시우의 뒤에서 제갈천이 섭선을 들었다.

탁!

섭선이 접히면서 둔탁한 소리가 울렸다. 그것이 신호인 듯 대청에 바짝 붙어 있는 전각들에서 사람들이 솟구쳐 올랐다.

그와 동시에 소낙비처럼 떨어지는 거친 공세들.

그 모든 공세가 한곳으로 몰려들었다.

콰콰콰콰쾅!

백리운이 있던 자리에서 기둥처럼 먼지가 솟아올랐다. 하지만 그곳을 향해 퍼부어지는 공격은 멈추지 않았다.

무려 수백 개의 공세가 이어지고 또 이어졌다.

콰콰쾅!

굉음이 연달아 울려 퍼지며 먼지구름이 광활하게 피어올랐다.

"으음."

아무런 소리도 들리지 않자 제갈천이 섭선을 펴 크게 휘둘렀다. 동시에 한 줄기 광풍이 일어나 먼지구름을 향해 밀려들었다.

후앙!

바람이 지나간 자리에서 먼지구름이 양옆으로 싹 갈라졌다. 하지만 그곳에 백리운은 없었다.

"제법……."

나시우가 그가 있던 곳을 노려보며 나직이 읊조린 말이었다.

콰앙!

갑자기 대청 주변의 전각들 중 하나가 폭삭 가라앉으며 거대한 먼지구름이 일어났고, 그곳에 있던 무인들이 공중으로 솟구쳐 올랐다.

그런데 그 순간 그들의 발밑에서 셀 수도 없을 만큼 많은 손 그림자가 솟아오르는 게 아니겠는가?

파파파파팟!

단숨에 열 명가량이 그 손 그림자에 발목이 잡혀 먼지구름 속으로 떨어졌다.

"크아아아악!"

비명마저 먼지구름 속에 잠겨 더 이상 들리지 않았다.

일순간 고요했다. 그래서 다들 멈칫 그 먼지구름을 들여다보았다. 아군이 끌려 들어간 상황이라 무작정 공격을 퍼부을 순 없었다.

그 전각은 현월교 내의 조직인 각월악단(覺月鍔團)의 것으로, 지금 먼지구름 위에 떠 있는 자들은 그곳의 무인들이었다. 그리고 그곳의 단주인 장한일은 자신의 부하들이 끌려간 걸 보다 못해 몸을 거꾸로 뒤집어 먼지구름 속으로 떨어졌다.

후우우!

머리부터 떨어지고 있는 장한일이 도를 앞으로 뻗어 풍차처럼 빙글빙글 돌리자, 먼지구름이 갈라지며 길을 터 주었다.

"음?"

그러나 잔해에 깔린 각월악단의 무인들만 보일 뿐, 백리운의 모습은 보이지 않았다.

턱.

장한일이 울퉁불퉁 튀어나온 잔해 위에 착지하며 주변을 훑어봤지만, 역시나 백리운은 없었다.

그리고 그때, 머리 위에서 둔탁한 타격음이 연거푸 터졌다.

퍼퍼퍼퍼퍽!

그 소리를 듣자마자 고개를 들었건만, 여전히 백리운은 보이지 않았고, 힘없이 축 늘어진 채 떨어지고 있는 부하들의 모습만 보였다.

"제길."

장한일이 이를 악무고 몸을 띄웠다. 저대로 떨어졌다간 잔해에 찔려 큰 상처를 입을지도 모른다. 그래서 몸을 띄우자마자 부하들을 향해 손을 뻗었건만, 난데없이 옆구리를 파고드는 손이 있는 게 아닌가?

퍼억!

창처럼 꽂힌 기다란 팔.

여인의 것처럼 고와 보였다.

"크흑!"

온몸을 찌르르 울리는 통증으로 보아 필시 갈비뼈가 부러졌
으리라.

장한일은 옆구리를 부여잡고 공중에서 균형을 잃지 않으려
고 애썼다. 하지만 그 노력이 무색하게 전방에서 손 그림자가
일어나 그의 온몸을 뒤덮었다.

퍼퍼퍼퍽!

순식간에 전신을 두들겨 맞은 장한일은 의식을 잃고 팔다리
를 나풀거리며 떨어졌다.

쿵!

그의 몸은 잔해 속에 떨어져 더 이상 움직이지 않았다.

백리운은 공중에 떠서 한동안 그를 내려다봤다.

'잘 컸군, 현월교.'

그때였다.

"죽어라!"

허공을 찢어발기며 앞뒤로 날아드는 거친 공세가 있었다.

온몸에 청색 장포를 두른 두 사람의 공격이었다.

앞에서 나무를 하듯 허리를 반으로 쪼갤 것처럼 도를 휘두른
자는 청월일령(靑月一令)이었고, 뒤에서 장작을 패듯 전신을
반으로 가르려는 자는 청월이령(靑月二令)이었다.

나시우의 직속 부대인 청월대의 두 수장이었다.

허리를 가르고 머리부터 온몸을 쪼갠다.

온몸을 십자로 난도질하는 잔혹한 공격.

그러나 백리운은 눈 하나 깜빡하지 않고 전방에서 베어 오는 도를 주먹으로 내리쳤다.

까앙!

그와 동시에 몸을 회전시키며 뒤돌려 찬 각법이 머리 위로 떠올라 청월이령의 도를 후려쳤다.

깡!

백리운의 앞뒤로 부러진 날이 튀어 올랐다.

이 모든 것이 눈 깜짝할 사이에 벌어진 일이다.

그래서 청월쌍령은 무슨 일이 벌어진지도 모른 채 백리운의 앞뒤에서 중심을 잃고 몸을 크게 휘청거렸다.

그대로 놔두어도 어차피 땅에 떨어질 것이다. 하지만 백리운은 그것조차 놔둘 생각이 없는지 다리를 들어 올려 청월일령의 등을 내려찍었다.

퍽!

그 순간, 청월일령의 배가 아래쪽으로 불룩 튀어나오며 엄청난 속도로 떨어졌다.

쾅!

땅바닥에 처박힌 청월일령의 위로 고개가 휙 돌아간 청월이령도 떨어졌다. 백리운이 곧장 뒤돌아 후려친 것이다.

그 모든 광경을 지켜보던 나시우가 입을 열었다.

"대단하군!"

"저 정도면 백리극에 버금가는 무위인 것 같습니다만……."

"아무래도 그동안 무위를 숨겨 왔던 것 같군."

"우리들 앞에서 수라각의 각주를 죽이고 도망친 게 요행이 아니었던 듯합니다."

"그랬지. 그때, 내 손에서 당당히 빠져나갔지."

"그때보다 더 강해 보이는데, 상대하실 수 있겠습니까?"

나시우가 가볍기 입꼬리를 올렸다.

"설사 백리극이 살아 돌아와도 지금의 나를 꺾을 순 없다."

"그리 자신 있으십니까?"

나시우가 여유롭게 고개를 끄덕였다.

"설사 회주가 내 눈앞에 있다고 해도, 나는 이길 자신이 있다."

자신감이 넘쳐흐르는 그를 보며 제갈천이 슬쩍 물었다.

"금지에서 얻은 힘 때문입니까?"

"그런 셈이지."

"도대체 그 안에 뭐가 있는 겁니까?"

"너로서는 상상도 하지 못할 게 있지. 아니, 누구라도 상상할 수 없었을 게야."

"뭐, 그 정도는 돼야 금지에 있을 거라고 예상했습니다."

나시우가 피식 웃으며 저 멀리 떠 있는 백리운을 지그시 쳐다봤다.

"각월악단과 청월대도 모자라 흑사교혈단까지 무너뜨렸군."

"흑사교혈단은 예전에 백리운에게 당한 적이 있지 않습니까? 그래서 백리운을 보고 몸이 굳어 제대로 실력 발휘를 하지 못하고 무너진 듯합니다."

"궁금하군. 그때 얼마나 호되게 당했기에 흑사교혈단 같은 고수들의 몸이 얼어붙었는지."

그때가 떠올랐는지 제갈천은 순간 온몸에 깃드는 오한을 느끼고 부르르 떨었다.

아직도 생생히 떠오른다.

눈을 파고들 것처럼 떠오른 샛노란 달.

그 달이 뇌리 속에 각인되어 잊히지 않았다.

"저도 장로원에서 당했지요. 그 뒤로 그때만 생각하면 온몸이 한겨울처럼 춥습니다."

"어땠길래?"

"뭐라 표현해야 할지 모르겠습니다. 확실한 것은 백리세가의 힘은 아니었습니다. 아니, 난생처음 보는 힘이었지요. 번갯불이 눈에서 튀어 오른 것 같다고 할까?"

"오묘하군."

"아, 그리고 그 순간에 머릿속에서 생생하게 떠오른 것이 있었습니다."

"뭐가 떠올랐는데."

"달이요. 아주 생생한 달이었어요. 절대로 잊을 수 없는."

눈빛이 흔들리는 제갈천과 달리 나시우는 덤덤했다.

"그래?"

"……"

제갈천은 뒤늦게 고개를 흔들며 정신을 차리고, 백리운의 움직임을 가만히 지켜봤다.

"뭔가 이상하지 않습니까? 본교의 제자들이 퍼붓는 공격을 일일이 받아 주고 있습니다. 저 정도 무위면, 굳이 그럴 필요 없을 텐데요."

나시우가 피식 웃었다.

"이제 알았냐?"

"알고 계셨습니까?"

"순서대로 무너뜨리고 있잖아. 저런 난전에서 순서를 지킨다는 것은 저 난전을 정확히 통제하고 있다는 뜻이지."

제갈천이 고개를 끄덕이며 백리운을 올려다봤다.

"흐음, 저대로 두실 겁니까? 백리운이 무슨 꿍꿍이인지 모르겠지만, 저대로 둔다면 본교의 제자들만 죽어 나갈 겁니다."

"아니, 지금까지 한 명도 죽지 않았다. 손속에 사정을 두는 것 같군."

"저런 상황에서 기절만 시키는 게 죽이는 것보다 어려운 일 아닙니까?"

"그렇지."

"그런데 왜 저럴까요?"

"본교를 정말 발아래 둘 생각인 것 같군. 그래서 죽이지 않고 살려 두는 것 같은데."

그 말에 제갈천이 섭선을 살살 흔들며 말했다.

"그러니까 계속 저대로 놔두겠다고요?"

"흐음, 그럴 순 없겠지."

나시우가 천천히 일어서며 대청 안으로 손을 뻗었다.

휘이익!

그의 손안으로 손잡이 끝에 작은 초승달이 박혀 있는 새파란 도가 빨려 들어왔다.

얇고 긴 도신을 가진 구월도였다.

사악!

그 자체의 예기만으로도 주변에 있는 제갈천의 옷자락을 갈랐다. 그것이 머금은 순수한 예기만으로 잘린 것이다.

쌔액쌔액!

그런 구월도에 내력을 불어넣으니 대기가 끝없이 갈라지고 또 갈라졌다.

나시우는 구월도를 말아 쥐고 땅을 박차고 솟구쳐 올랐다.

"내 부하들은 그만 괴롭히고 나랑 한번 붙어 보지."

나시우는 무시무시한 속도로 솟구쳐 올라 구월도를 질풍처럼 휘둘렀다.

번쩍!

눈부신 도광이 피어오르며, 같이 떠오른 청색 강기가 백리운의 몸통을 때렸다.

까앙!

둔탁한 소리와 함께 백리운이 신형이 나가떨어졌다.

그런데 그를 밀어낸 나시우의 표정이 빠르게 굳었다.

"이놈이?"

그의 예상대로 땅에 떨어진 백리운은 두 발로 멀쩡히 서 있었다. 그에 나시우도 백리운의 앞으로 신형을 튕기며 벼락처럼 땅에 꽂혔다.

그리고 그 순간……

타앗!

나시우가 땅을 박차고 한 줄기 빛살처럼 날아들며 구월도를 세차게 흔들었다.

그 순간, 온 사방에서 번쩍이는 청색 강기.

일직선으로 뻣뻣하게 서 있던 그 강기들을 구월도가 한 바퀴 크게 돌며 초승달처럼 구부려 놓았다.

만천하에 떠오른 푸른 초승달!

온 세상을 파랗게 물들이는 것이 소름이 끼치도록 아름다웠다.

현월도법의 일 초식, 현월진천(弦月振天)이었다.

"음?"

그 도법을 바라보는 백리운의 눈빛이 묘하게 흔들렸다. 하지만 저 도법 때문은 아닌 듯, 그는 강기로 뒤덮인 곳을 향해 손을 휘둘렀다. 그러자 순식간에 떠오른 샛노란 반월이 전방을 휩쓸고 나아갔다.

까가가가앙!

허공에 떠 있던 그 수많은 청색 강기가 유리처럼 산산조각 나며 흔적도 없이 사라졌다. 반면, 멀쩡히 모양을 유지한 반월 모양의 천월강기는 쏜살처럼 나아갔다.

깡!

그것을 구월도로 내려친 나시우는 팔랑개비처럼 뒤로 넘어가 땅에 얼굴이 닿기 직전 다리를 뻗어 겨우 몸을 일으켰다.

"크흑!"

하지만 아직도 구월도를 쥐고 있는 손에 남아 있는 엄청난 통증이 팔 전체를 뒤흔들었다.

"이, 이런 말도 안 되는……."

비록 일 초식이었다지만, 현월교의 초대 교주가 남긴 무공이 일격에 박살 났다. 그것도 모자라 자신에게까지 이런 커다란 충격을 주다니.

나시우는 믿을 수 없다는 듯 흔들리는 눈빛으로 백리운을 쏘아봤다.

그런데 그는 입가에 묘한 미소를 띠고 있었다. 그것이 나시우의 기분을 상하게 만들었다.

"비웃어?"

나시우는 어금니를 꽉 깨물며 있는 힘껏 구월도를 내리 휘둘렀다.

그러자 세로로 선 초승달의 푸른 강기가 풍차처럼 빙글빙글 돌며, 수레바퀴처럼 굴러갔다.

콰콰콰콰쾅!

땅바닥을 헤집고 나아가는 현월의 강기.

그것이 현월도법의 이 초식인 현월공진(弦月公進)이었다.

그것이 지나간 땅바닥이 박살 나고 흙이 자잘하게 부서지는 게 실로 가공할 강기였다.

그러나 이번에도 백리운은 움직이지 않고 마주 손만 뻗었다. 그에 나시우가 본능적으로 움찔 떨었지만, 백리운의 손에선 아무것도 나오지 않았다.

말 그대로 맨손이 현월공진의 공세와 맞닥뜨렸다.

지지직!

백리운이 맨손으로 현월강기를 움켜쥐었다.

"어, 어찌 저런……."

나시우가 입을 쩍 벌리고 눈을 휘둥그레 떴다. 도저히 믿기지 않는 일이 지금 자신의 눈앞에서 벌어지고 있었다.

아무것도 없는 새하얀 손가락이 현월공진을 뚫고 들어가더니 갈가리 찢어 놓는 것이 아닌가?

퍼엉!

눈앞에서 터진 현월강기 때문에 거친 경기가 사방을 휩쓸었지만, 이번에도 백리운은 눈 하나 깜빡하지 않았다.

"후우우."

그가 입김을 내뱉으며 한 걸음 내디뎠다.

그 한 걸음이 둘 사이의 거리를 지웠다.

스윽!

백리운이 나시우의 지척에서 나타남과 동시에 손을 뻗어 그의 목을 움켜쥐었다.

"크흑!"

나시우는 자신의 목을 파고드는 손가락 때문에 발버둥 치듯 온몸을 떨었다. 하지만 목을 찌르는 손가락은 더 세게 파고들뿐이었다.

"이건 현월도법이 아닌가?"

나시우는 아득해지는 와중에 백리운의 그 말을 듣고 눈을 번쩍 떴다.

"네, 네놈이 그, 그걸 어떻게……."

"어떻게 알긴. 내가 네놈의 주인이니까 알지."

그 순간, 나시우는 머릿속을 스치고 지나가는 한 단어가 떠올랐다.

"태, 태제?"

"그래. 내가 묵천마교의 태제다. 그리고 네놈이 모셔야 할 주인이기도 하지."

"그, 그럼 무, 묵천마교가 사, 사실이었단 말인가?"

그 말에 백리운이 검지를 펴서 입에 갖다 댔다.

"쉬잇!"

백리운이 씩 웃더니 나시우를 밀치며 그의 목에서 손을 뗐다. 그러자 나시우가 부복을 하듯 땅바닥에 엎드려서 기침을 토해 냈다.

"커헉! 허억! 허!"

자신의 부하들이 보는 앞에서도 새빨갛게 달아오른 얼굴과 입가에서 질질 흐르는 침 따위는 신경 쓰이지 않았다. 그는 엎드려서 눈을 부릅뜨고 고개를 들지 못하고 있었다. 바로 눈앞에 그 전설을 이어받은 자가 있었기 때문이다.

묵천마교의 태제.

현월교 따위 언제든지 없애 버릴 수 있는 힘을 가진 자.

오랫동안 잊고 지냈던 한 가지 감정이 떠올랐다.

뭐라 불러야 할지 감조차 잡히지 않았다.

손발을 차갑게 만들고, 온몸의 근육을 경직시키는 그런 감정이었다.

부르르.

땅을 짚고 있는 손이 떨렸다. 마치 내 손이 아닌 것처럼 그 떨림을 주체할 수 없었다.

그때, 백리운의 목소리가 들려왔다.

"현월도법의 삼 초식을 마저 펼쳐 보아라. 주인으로서 그 정도의 재롱쯤은 받아 줘야지."

나시우는 입을 쩍 벌린 채 고개를 들었다. 차갑게 미소 짓고 있는 백리운의 얼굴이 보였다.

　그런데 그 미소를 보니 몸속을 돌아다니던 미중유의 거력이 잔뜩 몸을 웅크리는 게 아닌가? 마치 주인 앞에서 고개를 숙인 개처럼 미중유의 거력은 얌전히 있었다.

　몸이 인정하고 있었던 것이다. 그가 묵천마교의 태제임을, 그리고 자신의 주인임을 말이다.

7권에 계속

BOOKS

BOOKS